BESTSELLER

Gustavo Martín Garzo nació el año 1948 en Valladolid. Ha publicado numerosos relatos y novelas, entre ellas *El lenguaje de las fuentes*, *Marea oculta*, *La princesa Manca*, *La vida nueva*, *Ña y Bel*, *El Valle de las Gigantas*, *El pequeño heredero* y *La soñadora*. Obtuvo el Premio Nacional de Narrativa en 1994 por *El lenguaje de las fuentes*, el Premio Miguel Delibes en 1995 por *Marea oculta* y el Premio Nadal en 1999 por la novela *Las historias de Marta y Fernando*.

Biblioteca

GUSTAVO MARTÍN GARZO

La soñadora

DEBOLS!LLO

Diseño de la portada: Equipo de diseño editorial
Fotografía de la portada: *Retrato de joven alemana* (h. 1905), de Gerlach.

Primera edición en bolsillo: enero, 2003

Printed in Spain – Impreso en España

ISBN: 84-9759-222-0 (vol. 333/9)
Depósito legal: B. 46.047 - 2002

Fotocomposición: Lozano Faisano, S. L. (L'Hospitalet)

Impreso en Litografia Rosés, S. A.
Progrés, 54-60. Gavà (Barcelona)

P 892220

A Elisa, de la antigua estirpe
de las soñadoras

¡Oh, amor, amor! [...] ¿Quién te dio tanto poder? ¿Quién te puso nombre que no te conviene? Si amor fueses, amarías a tus sirvientes; si los amases, no les darías pena. [...] Dulce nombre te dieron, amargos hechos hazes. [...] Alegra tu sonido, entristece tu trato. Bienaventurados los que no conociste o de los que no te curaste. [...] Enemigo de amigos, amigo de enemigos, ¿por qué te riges sin orden ni concierto?

FERNANDO DE ROJAS,
La Celestina

1

Aunque por su oficio de arquitecto Juan Hervás estaba acostumbrado a contemplar las más asombrosas construcciones humanas, el encuentro con el viejo canal y la dársena de La Concha volvió a conmoverle. Se trataba de un esfuerzo inaudito. Una obra cuya ejecución había exigido un siglo completo y que había llenado de pequeños puertos comerciales aquellas provincias castellanas, multiplicando sus posibilidades económicas. Hasta que había llegado la decadencia.

Aun así, seguía conservando su viejo poder.

Corría el año de 1989 y los periódicos acababan de anunciar la caída del muro de Berlín y la próxima reunificación de Alemania.

Juan Hervás había vivido en Barcelona esos últimos años y, aunque viajaba mucho por motivos de trabajo, raras veces lo hacía hacia aquellas zonas del interior, donde eran escasas las oportunidades y todo parecía abandonado a un designio de fatalidad.

Sin embargo, era en esas tierras donde había vivido hasta los diez años de edad.

Las aguas del Canal de Castilla estaban heladas debido a las bajas temperaturas de la noche, y a la derecha de la dársena se elevaba majestuosa la fábrica de harinas de don Mariano. La fachada era de ladrillo y tenía cuatro pisos de altura. Su volumen imponente contrastaba con el de las casas de los alrededores, dando cuenta de un pasado de gran esplendor económico. Llevaba varios años cerrada. De las tres fábricas que había en el pueblo sólo una, La Pura, continuaba produciendo harina. Era algo común en esa zona. A lo largo del canal pudieron contarse cerca de cien fábricas, de las que en ese momento no funcionaban más de una docena.

La fábrica de don Mariano facturaba diez mil kilos diarios. La harina se cargaba en barcazas que, arrastradas por mulas, ascendían lentamente por el canal, hasta alcanzar su ramal norte. Allí abundaban los bosques de robles, los pastizales y el monte bajo. La harina se transportaba hasta Alar del Rey, donde se cargaba en el ferrocarril en dirección a los puertos de Santander y Bilbao. A partir de los años sesenta la industria harinera comenzó una rápida decadencia. Las causas habían sido complejas: la competencia económica entre las fábricas en busca de mercado; la falta de renovación del utillaje y su automatización; el estancamiento del precio de la harina; la irrupción de las multinacionales...

También la desgracia.

El hombre atraía la desgracia como la luz a las falenas nocturnas.

Los niños habían estado tirando piedras que, apresadas en el hielo, parecían flotar en el agua. Juan se las quedó mirando con nostalgia, recordando el tiempo en que él mismo había hecho otro tanto. Desde la dársena, el trazado rectilíneo del canal recordaba su estirpe de obra ilustrada: una obra que había sido capaz de convivir armoniosamente con un medio al que había proporcionado abundantes zonas húmedas, sotos frondosos y parajes de delicada belleza. «Nuestra pequeña Toscana», era así como Aurora llamaba al canal por aquellas fotos del río Po y de su vega llena de verdor y de vida que había visto hojeando en el casino *La Ilustración Americana*. Un tiempo después fue él mismo quien, visitando Italia, se detuvo unos días en la Toscana. Las vegas llenas de rumores, los árboles y arbustos rezumantes de humedad, las plantas higrófilas, entre las que enseguida identificó a las salguerillas, con sus largas espigas de flores rojas, y a los lirios amarillos, le trajeron el recuerdo del canal y del comentario de Aurora. Llegó a comprar una postal para ella, que sin embargo nunca le enviaría. Una postal que quedaría olvidada en la mesa de aquel hotel desde el que se veía el campo verde y el río lleno de reflejos. Por entonces, y tras la muerte de su cuñada, Aurora había vuelto al pueblo para hacerse cargo de su pequeño sobrino.

Era hijo de su hermano Eduardo, un hombre atormentado al que ella había rendido un culto enfermizo, y que siempre entraba en casa con la mirada fija y salvaje de quien vuelve de luchar en la calle.

Juan y Aurora se habían pasado la vida corriendo por el canal. Crecieron juntos y siempre manifestaron el uno por el otro una tierna inclinación.

Pero el tiempo había seguido su inexorable curso, transformándoles en dos extraños.

Juan volvió a contemplar la dársena. Prefería el canal en invierno. Los campos eran casi blancos, y la niebla difuminaba los troncos y las ramas de los árboles, dándoles una apariencia irreal. Junto al agua, las líneas de la orilla se veían más puras y limpias, y el canal parecía una construcción mental, hecha de la misma sustancia que los pensamientos.

¿También que los sueños? Volvió a acordarse de Aurora. Ella decía que todos los hombres y mujeres tenían que tener un lugar, y ellos habían elegido el suyo a la altura de la esclusa sexta. El canal cambiaba allí de dirección, formando un ángulo de noventa grados, y se creaba una balsa de serena belleza. Apenas a veinte metros estaba el acueducto que cruzaba sobre el río Sequillo. En invierno, el agua rezumaba entre las piedras formando un bosque de milagrosos carámbanos, entre los que pasaban conteniendo la respiración, como por un país encantado. Ése era su lugar. Cuando dos personas fijaban en el mundo un nuevo lugar es porque no se conformaban con lo que tenían y eran. Y, según Aurora, donde había hombres y mujeres siempre había quimeras y el deseo de soltar las amarras que les sujetaban al mundo real.

2

El pueblo al que Juan había regresado se llamaba Medina de Rioseco. Estaba situado junto al río Sequillo, dominando un amplio valle, a los pies de las tierras peladas de los montes de Torozos, en la provincia de Valladolid.

Toda su infancia había transcurrido corriendo por aquellas calles y sus alrededores: los páramos de los Pinos y de Coruñeses, el Canal de Castilla, el cerro Rajado, el caserío de los Mansos, la ermita de Castilviejo...

Volvía ahora para visitar la tumba de su amiga.

El cementerio estaba cerrado y tuvo que hablar con un empleado municipal, que se ofreció a acompañarle. Subieron juntos en el coche por el camino bordeado de cipreses. No hacía nada de viento y los cipreses permanecían inmóviles como grandes estacas. Al fondo estaba el páramo de los Pinos y el cerro El Monclín. En esa zona, los labradores, al arar los campos, todavía encontraban restos de la batalla en que sus antepasados se habían enfrentado a los franceses durante la Guerra de la Independencia. Su nombre figuraba en el Arco del Triunfo de París. El Monclín estaba situado a la altura del páramo, en el punto más alto, y los habitantes de Rioseco no podían volver los ojos hacia él sin recordar que habían sido derrotados.

Los franceses saquearon e incendiaron el pueblo, despojándolo de gran parte de sus tesoros.

Consultaron el libro de los enterramientos.

Los restos de Aurora estaban en uno de los nichos. Juan Hervás conocía el cementerio como la palma de su mano y, después de dar al funcionario una propina, se echó a andar entre las tumbas. De niños subían con frecuencia hasta las tapias y, siempre que podían, burlaban la vigilancia del guarda y se colaban en su interior, porque les gustaba sentir la quietud de la muerte.

Buscó la lápida de Aurora.

—He venido a verte —le dijo.

Lamentó no haber llevado nada. Ni unas flores que poner en su tumba, al lado de su nombre.

Era extraño que su amiga estuviera allí, en un espacio tan pequeño. Ella que nunca había podido parar quieta en ningún sitio, que era nerviosa como los pájaros y los ratones.

El frío era intenso, pero Juan no llegaba a sentirlo. El dolor lo llenaba todo. Una racha de viento desplazó por el suelo las hojas viejas de los árboles.

Aurora se abrió paso entre ellas. Arrastraba torpemente los pies, como si hubiera perdido la costumbre de andar.

—Has venido a verme. Estoy tan emocionada...

Una marica voló hasta uno de los panteones de mármol y luego se posó en el borde de la tapia. Las plumas blancas de su pecho destacaban sobre el negro azulado de su cabeza, alas y cola, como si hubiera estado robando harina.

Volvió a hablar.

—¿Sabes lo que hacía cuando estaba triste? Vertía harina sobre la mesa y pasaba por ella las yemas de los dedos. Podía pasarme horas haciéndolo. A veces me la echaba por la garganta y el pecho, como en Villa Julia. ¿Te acuerdas?

—Tuvimos que ir a robarla. Decías que no se podía comprar, que el dinero trae mala suerte. Recuerdo que me guardé el paquete bajo la gabardina y que, con las prisas, gran parte de la harina se derramó por la calle. Acabamos abrazados en un portal, riéndonos como dos niños.

—Éramos tan felices...

—He venido a pedirte perdón.

—No tengo nada que perdonarte.

—No debiste volver aquí. Si me hubieras consultado, te lo habría impedido con todas mis fuerzas. Este pueblo ha sido tu destrucción.

—En todos los sitios es igual. Son los hombres los que se destruyen entre sí.

Apenas había nubes. El cielo, de un azul desvaído, aún reflejaba los efectos de la fuerte helada de la noche.

—Además —continuó Aurora—, no se está tan mal aquí. No es tan distinto de los lugares en que se reúnen los vivos.

Su sobrino estaba enterrado con ella. Los nichos eran contiguos, y compartían una misma lápida. Ni muerta la dejaban en paz.

3

—¿Sabes por qué se me ocurrió lo de la harina?

Juan recordó la escena con una sonrisa.

—Por la señorita Adela.

—No sé de qué me hablas...

—De aquella fiesta en el casino, cuando la hicieron Reina. Fue doña Manolita quien nos la contó.

Era el año 1917. Europa estaba en guerra, y, como consecuencia de la neutralidad española, la industria harinera de la zona conoció un auge sin precedentes. Los fabricantes estaban eufóricos y decidieron celebrar una fiesta en el casino.

La señorita Adela fue nombrada Reina. Había nacido con el siglo y estaba a punto de cumplir diecisiete años.

Fue nombrada Reina de la Harina.

—No, no me acuerdo.

—¿Tampoco de doña Manolita?, ¿de cuando me acompañabas a su casa?

La tía de Aurora tenía una pequeña tienda de ultramarinos y doña Manolita siempre compraba en ella. Era Aurora la que anotaba sus pedidos y la que luego iba a llevarle las cosas, pues doña Manolita no salía de casa.

Pasaba de los ochenta años y vivía sola en la calle de San Juan. Llamaban a la puerta de la calle y ella la abría desde arriba, tirando de una cuerda que estaba atada al pestillo. Les recibía en la galería con los ojillos saltando ávidamente de una cosa a otra, como si ya no le quedara tiempo para casi nada. Y ellos deseaban estar allí, aunque todo estuviera sucio y la casa oliera a botica y a enfermedad. Doña Manolita se parecía a esos insectos que al morir esparcen a su alrededor la seda, el polen y el oro de sus alas.

Los dos tenían diez años y de todas las historias que les contaba su preferida era la de la señorita Adela, la hija de don Mariano Represa, el dueño de la fábrica de la dársena.

Había tenido lugar durante la Primera Guerra Mundial. La señorita Adela era la única hija de don Mariano. Los padres creían que los hijos vendrían a continuar su obra, y a proyectar sus apellidos y sus sueños en el siempre incierto futuro, pero lo que solían traer era su destrucción.

Aurora siguió rememorando.

—Nos sentábamos a su lado y, antes de empezar a hablar, doña Manolita nos servía una copita de pacharán. Era como un rito. No podíamos beberlo de cualquier manera. Teníamos que cerrar los ojos y hacerlo en pequeños sorbos, tratando de rescatar de los labios el sabor de las endrinas y de las hierbas aromáticas. Sólo sabía vivir si estaba rodeada de fervor.

Una sucesión de pequeños hurtos, eso era la vida.

—Decías que estaba loca y se inventaba las cosas. Pero ella tenía pruebas. Los recortes de periódico, las cartas, las fotografías, todo encajaba como un rompecabezas. Además estaba Dámaso, el segundo molinero. Él también había visto a la niña muerta. La señorita Adela la llevaba a la fábrica a escondidas, y la niña se quedaba extasiada viendo la blancura de la harina mientras sus vendas se empapaban de sangre. Luego íbamos por la noche al canal y te apretabas contra mí porque estabas muerto de miedo.

—No es cierto.

—Sí lo es. Yo, que era la débil dama, tenía que proteger a mi caballero de la oscuridad.

—¿Qué quieres de mí?

—Nada, sólo recordar. Es curioso, soy yo la que se acuerda de las cosas. Incluso de lo que no pude conocer, por haber sucedido mucho antes de que naciera. De la barcaza, por ejemplo, cuando transportaban la harina por el canal. Las aguas estaban quietas y nos reflejábamos en ellas como en un espejo. Iba al lado de la señorita Adela y, a pesar de lo guapa que era, yo sentía mucha pena al mirarla. Se empeñaba en llevar el timón y hacía bromas con los obreros como si pensara que sus vidas le pertenecían y que podía hacer lo que quisiera con ellos. Era como una niña entre los juguetes que acababa de romper.

4

—Eso era la pena, el tiempo que pasaba sin dar fruto.

—Aquí nada da fruto —dijo Santiago.

Juan había regresado del cementerio y estaba acodado en el mostrador de un bar cuando Santiago le vio a través de la cristalera. Entró a saludarle y se sentaron juntos en una mesa.

Hablaron del pueblo y de lo difícil que era vivir en él. Sólo quedaban los viejos.

Santiago era de su misma edad. Se habían pasado la vida juntos hasta que Juan y su familia abandonaron Rioseco para mudarse a Madrid. Santiago no se había movido del pueblo. Sus padres tenían un negocio de maquinaria agrícola y aún vivía con ellos, pues no se había casado.

—He venido a ver la tumba de Aurora.

Era Santiago quien le había escrito para comunicarle su muerte, aunque habían pasado tres años desde que eso ocurriera.

—No he podido hacerlo antes —añadió, bajando la voz.

—Lo sé, estás demasiado ocupado.

—Además, ¿de qué habría servido? No se puede devolver la vida a los muertos.

—No, no se puede.

El silencio pesaba sobre ellos como la sombra de un árbol.

—¿Cómo fue? Antes de venir estuve consultando periódicos viejos, pero no aclaran gran cosa.

—La encontraron acostada en la cama, junto a su sobrino. Sin dramatismo ni gesto alguno de crispación, como si sólo estuvieran dormidos. Murieron por inhalación de gas.

—¿Voluntaria?

—Bueno, es lo probable. Sin embargo, esa misma mañana Aurora había estado de compras y habló con varias conocidas. Parecía despreocupada y feliz.

Fue un jueves, el día del mercado. Aquel mercado durante mucho tiempo fue punto de encuentro de arrieros y traficantes gallegos, asturianos y maragatos y, en la actualidad, seguía siendo cita obligada para los pueblos de la comarca. Las calles se llenaban de tenderetes en los que se vendían dulces, ropas, herramientas y todo tipo de productos.

También zapatos.

A Medina de Rioseco, durante el siglo XVI, se le había llamado India Chica por el esplendor económico de sus ferias y mercados. Tenía entonces doce mil habitantes y se contaba que al menos mil eran ricos. Pero eso pertenecía a la historia.

—A ver si sabes qué compró.

Los ojos de Santiago brillaban como pequeñas llamas. Parecían milagrosamente suspendidos en el aire, ni el tiempo ni la desesperanza habían podido apagarlos.

Eran ojos de ladrón de nidos.

Se habían pasado la infancia juntos. Donde estaba uno tenía que estar el otro.

También Aurora.

Ahora volvían a estar así.

—Cepos para pájaros, compró cepos para pájaros. ¿No te parece extraño? Siempre los había odiado.

La voz no parecía suya, era como si saliera del suelo o de la pared de al lado.

—Su hermano Eduardo no estaba en el pueblo, y fueron unos vecinos los que encontraron los cadáveres. Les alarmó el fuerte olor a gas, y entraron por el patio. Aurora había barrido y ordenado la casa, como si esperara visitas y no quisiera que se llevaran una mala impresión.

Hizo una pausa.

—Encontraron los cepos sobre la mesa de la cocina.

Estaban formados por dos semicírculos de alambre y un muelle. El pájaro accionaba sin querer el resorte y el cepo se plegaba con violencia segando su vida.

Buscó los ojos de Santiago.

—¿Y Eduardo?

—Aquí sigue. Siempre igual a sí mismo.

—Eduardo no puede cambiar.

Se habían quedado sin madre cuando él y Aurora eran pequeños, y una tía materna se hizo cargo de ellos, pues el padre nunca pudo aceptar la muerte de su mujer. Eduardo tuvo que enfrentarse demasiado pronto a la responsabilidad de consolar a su padre viudo y de ayudar a su tía a sacar adelante el negocio. Se negó a hacer ambas cosas. Odiaba la tienda y apenas cambiaba una palabra con su padre. Muy pronto abandonó la escuela, porque no soportaba que nadie le diera órdenes.

No soportaba ninguna clase de autoridad.

Era indisciplinado y violento, y desde muy joven se le vio por los bares metido en todo tipo de pendencias.

Pero tanto su padre, primero, como su tía y Aurora, después, disculpaban todos sus excesos, potenciando aquellas inclinaciones malsanas. «Ya sentará la cabeza», decía su tía Valentina Bravo, convencida de que su corazón seguía siendo el de un niño asustado que aún vivía añorando los brazos cálidos de su madre ausente. Y recordaba aquella época, cuando apenas tenía seis años, en que a Eduardo, después de enterrar a su madre, le dio por fugarse de casa varias noches para ir al aprisco de las ovejas, porque le gustaba sentir la proximidad de sus cuerpos y el olor agrio de la leche. Siempre había sido un niño raro, con una expresión alucinada en los ojos, como si le gustara quedarse mirando las cosas que espantaban a los demás.

—Necesito que me hagas un favor. Quiero verle. Dile que quiero hablar con él.

Aurora le adoraba. También le temía, pues ejercía sobre ella un dominio absoluto. Eduardo aparecía con frecuencia cuando estaban jugando y le bastaba realizar un simple movimiento de cabeza para que Aurora les dejara plantados y se fuera corriendo a su casa. Santiago y él eran aún unos niños y Eduardo casi les doblaba la edad, pero se les quedaba mirando como si no fueran los amigos de su hermana sino sus rivales.

—¿Sabes cuándo nos enfrentamos al verdadero infierno? —le había dicho Aurora una vez, con una expresión de dolor en el rostro—. Cuando la bondad abandona a las personas que amamos.

Eduardo trabajaba en una de las fundiciones del pueblo, y desde la muerte de Aurora y de su hijo había vuelto sin freno a la bebida. Bebía como si también él quisiera matarse, como si ya no le quedara en el mundo un lugar donde recogerse, ni siquiera el aprisco de las ovejas.

Juan recordaba su figura impávida en la orilla del canal. También que a Aurora le bastaba con verle aparecer en la distancia para dejar lo que estaba haciendo y correr al instante a su encuentro. Como un perro lo haría con su dueño.

—Dile que podemos vernos mañana —continuó—, en la dársena. Cuando salga del trabajo.

Quería hacerle una pregunta que no le dejaba vivir.

Ahora debía irse.

Estaba en Valladolid asistiendo a un congreso de arquitectos. Esa misma tarde tendría lugar su conferencia, y aún debía darle los últimos retoques. Regresaría al día siguiente para visitar a sus tías y hablar con Eduardo.

Santiago le acompañó hasta el coche. El sol había templado la temperatura haciéndola más benigna. El aire era transparente y una bruma ligera se desplazaba flotando hacia el cielo. Ya habían empezado a llegar las cigüeñas. Buscaban sus nidos del año anterior, y los ocupaban con tranquila disposición, como si todo en el mundo tuviera asignado su lugar y sólo cupiera someterse a ese orden inapelable. «¿Acaso es mala la obediencia?», decían con aquel ruido de tablas que era su canto.

Antes de montarse en el coche, Juan volvió a mirar a su alrededor. Los soportales corridos de la Rúa, la torre barroca de Santa María, el humo negro de las calderas y el paso cansino, sin designio, de los habitantes del pueblo. Todo estaba igual. Como si el tiempo se hubiera detenido cuando él se fue.

Sus ojos volvieron a Santiago. ¿Qué hacía allí? ¿Por qué no se iba? Aún más, ¿por qué no le seguían todos dejando el pueblo abandonado?

La Ciudad de los Almirantes.

—¿No has pensado en marcharte?

—Todos los sitios son iguales.

Santiago le tendió la mano, pero él prefirió abrazarle. Al hacerlo le pareció escuchar un sollozo. Un sollozo que venía de otro tiempo, de un lugar desconocido en que alguien estaba llorando.

Cuando se montaba en el coche, perdió momentáneamente la conciencia. Estaba ardiendo y tenía las manos y el rostro empapados de sudor.

—¿Estás bien? —le preguntó Santiago.

Asintió con esfuerzo y puso el coche en marcha. Lo último que vio fue un grupo de urracas. Estaban posadas en una valla y, al verle avanzar hacia ellas, levantaron presurosas el vuelo. Se puso tranquilamente a contarlas. De pequeños las creían dotadas de poderes adivinatorios, y le vino a la memoria un dicho de entonces: «Una, tristeza; dos, alegría; tres, boda; cuatro, nacimiento; cinco, cielo; seis, infierno; siete, el diablo en persona».

5

Era extraño, pero una de las urracas estaba ahora encima del armario. Movía su pico como diciéndole: «No te va a ser fácil salir de aquí. Estás bien jodido, chaval».

—Mira —oyó.

Era Aurora.

Le señalaba el alféizar de la ventana, donde había una segunda urraca. Una tercera correteaba por la alfombra.

—Son tres —le dijo con una sonrisa encantadora—. Habrá boda.

Estaba ardiendo y se dio cuenta de que deliraba. Iba ahora por un pasillo muy largo. No quería seguir avanzando, pero Aurora tiraba de él. «Venga, no seas tonto.» Entraban en un cuarto y se ponía a besarle y a morderle los labios con tanta fuerza que le hacía daño. «Estás loca —le decía—, tu señora nos puede descubrir.» Pero Aurora no le hacía caso y seguía mordiéndole y llenándole los labios de saliva.

Tenía muchísima fiebre.

Se acordó del congreso. Debía regresar como fuera, ponerse en contacto con los organizadores. Llevaba trabajando cerca de un mes en su conferencia y sabía que había una gran expectación por escucharle. Tal vez pudieran distribuirse copias entre los asistentes, para que al menos la pudieran leer. Trató de incorporarse, pero enseguida se dio cuenta de que no podría mantenerse en pie.

—No, no te puedes marchar. Lo he prohibido yo.

Era Aurora, que volvía a estar junto a él aunque ahora tuviera puesto aquel ridículo uniforme de doncella.

—En el fondo te gusta, como a todos los hombres. Todos pensáis que las mujeres hemos nacido para serviros.

Alguien abrió la puerta. Era Santiago.

Empezó a llamarle.

—Juan, ¿me oyes? Acabo de hablar con el médico y vendrá de un momento a otro. ¿Qué coño te pasó?

Estaba al pie de la cama, pero su voz era lejana, como si le hablara desde otro cuarto, a través de la pared.

—Vaya susto. Te fuiste derecho contra la tapia. El coche quedó destrozado.

Santiago volvió a dejarle solo. A través de la ventana escuchaba los ruidos de la calle. No eran los de su infancia, la voz del aguador, el sonido de los carros y de los caballos.

—Aurora —murmuró—, no te vayas.

Estaba llorando.

—Calla, calla... Llorar es feísimo.

Pero también ella tenía los ojos implados de lágrimas. No era la niña con la que había corrido por el canal, sino la muchacha con la que inesperadamente se había vuelto a encontrar una tarde en Madrid, mucho tiempo después. Aurora tenía entonces dieciocho años, y era una muchacha esbelta y bien formada cuyos ojos brillaban como monedas de plata. Monedas de plata bajo la luz dorada del sol.

—Fui a buscarte yo. Tus primas me habían dicho que estudiabas arquitectura y yo pisaba por primera vez Madrid, en un viaje que hacía con mi tía y dos amigas suyas del pueblo. Supongo que era inevitable que se me ocurriera. Se empeñaron en ir a unos grandes almacenes y, mientras mi tía y sus amigas no paraban de mirarlo y toquetearlo todo, yo, un poco aburrida, decidí funcionar a mi aire. Estaba revolviendo por la librería cuando, casi sin darme cuenta, estaba en las escaleras mecánicas pensado en ti. Sí, ya sé que todo esto da risa, pero sucedió como te lo cuento. Supongo que tuvo que ver con aquella sensación de estar subiendo sin hacer nada, llevada por una fuerza que no me preguntaba si lo quería o no, una fuerza que me arrastraba como el agua de una crecida. Y recuerdo que pensé, tiene que ser para algo. Por favor, no te rías. Estaba completamente loca, lo sé. Pero me parecía que esas escaleras sólo podían conducirme a otra parte, a un lugar distinto que nada tuviera que ver con aquella tienda, un lugar donde algo especial, único, me estaba aguardando. Y me dije, tiene que ser Juan. No me vas a creer, pero te estuve buscando por toda la planta, y creo recordar que por las dos superiores, convencida de que me bastaría tropezar contigo para reconocerte, a pesar de que te habías ido del pueblo hacía ocho años y no había vuelto a saber de ti. Y entonces me detuve, y pensé, esto que haces es una perfecta tontería, pero podrías ir a su encuentro de verdad. Era un día entre semana, y no tenía que ser muy complicado ir a la Escuela de Arquitectura y buscarte por las aulas y pasillos, pues sin duda estarías en clase. Dicho y hecho. Apenas eran las doce de la mañana y nuestro tren no salía hasta las nueve de la noche. Me reuní con mi tía y sus amigas y les dije que me iba. Ni siquiera les di tiempo a reaccionar. Nos vemos en la estación, añadí ya desde lejos agitando mi mano, abriéndome paso entre la gente como arrebatada por la misma fuerza que me había llevado momentos antes en tu busca escaleras arriba. Y en un instante estaba montada en un taxi. A la Ciudad Universitaria, le dije al taxista llena de orgullo, porque me imaginaba la envidia que debía sentir al verme montar en su coche y pedirle que me llevara a la ciudad donde vivían los estudiantes. Una Ciudad llena de pequeñas casas y de alegres paseos cubiertos de flores, donde los estudiantes y las estudiantes paseaban con los libros bajo el brazo y los ojos brillantes de sueños, porque aún no tenían un pasado que cargar y el futuro les pertenecía por completo; que era así como me imaginaba su mundo mientras volaba alocada en tu busca. Y recuerdo lo hermoso que me pareció Madrid. Con sus largas avenidas resplandecientes, sus coches circulando sin pausa en todas las direcciones y las infinitas ventanas alineadas como las letras en las páginas de los libros. Cuando pasamos el Arco del Triunfo fue aún más maravilloso. Las calles de la Ciudad Universitaria eran alegres jardines, y árboles oscuros y plumosos salían a recibirnos. Sus hojas parecían susurrar a nuestro paso, tienes que quedarte, aquí se pasa de miedo. Y entonces me di cuenta de lo que significaba aquella emoción que había sentido en las escaleras, y que no era otra que la emoción de salir de mí misma. Eso quería, escapar. No tener que volver nunca a Rioseco, ni a nada de lo que había sido mi vida hasta entonces. Que eso era también lo que el canal no había dejado de decirnos desde que bajábamos a jugar a sus orillas, que bastaba con seguir su cauce para que pudiéramos alejarnos de aquel pueblo triste y maldito, en el que la señorita Adela había enterrado su corazón para siempre. Hacer, en suma, lo que habías hecho tú. Y entonces pasó lo increíble. Que no había hecho más que entrar por la puerta de tu Escuela cuando te vi en el vestíbulo, abstraído ante un panel lleno de avisos y papeles. Fíjate, llevaba ocho años sin verte, y en ningún momento dudé que aquel hermoso muchacho que veía de espaldas, con su inmensa carpeta bajo el brazo, pudieras ser tú. Puedo conseguir lo que quiera, pensé. Y en ese mismo instante me pareció que todo lo podía lograr, porque mis pensamientos valían más que el mundo. Podía lograr, por ejemplo, que todos se quedaran dormidos, inmóviles en sus respectivas posiciones, y que nosotros fuéramos los únicos que pudiéramos desplazarnos por los pasillos y aulas de tu Escuela. Ir de un lado a otro agarrados de la mano mientras todos a nuestro alrededor permanecían dormidos, ignorando que éramos dueños de una vida de la que no tenían ni idea. Una vida que guardábamos para nosotros solos, y que sólo en secreto podía entregarnos sus tesoros. Y entonces me di cuenta de que siempre había sido así, y de que llevaba años viviendo a espaldas de todos esa vida desconocida. Que en todo ese tiempo no sólo había estado atenta a lo que podía ver y tocar, sino a esa otra vida donde estabas tú y todos nuestros recuerdos. Que jamás había podido dejar de sentir el peso lejano de esos recuerdos, aunque no supiera dónde estabas ni siquiera si estabas vivo o no. Que incluso ausente, muerto o dormido habría seguido cargada con el hecho de que existías en algún lugar, dueño de una ternura que permanecía olvidada de sí como los granos en la panera, una ternura que no podías usar porque yo no estaba a tu lado.

—¿Se puede?

Juan abrió pesadamente los ojos. Santiago y el médico estaban en el dormitorio. Permanecían de espaldas a la luz que entraba por la ventana y apenas distinguía sus rostros.

—Calla, calla... —oyó susurrar a Aurora—, no les digas que estoy aquí.

Juan se acordó de la conferencia de esa tarde.

—La conferencia. Tengo que ir como sea.

Hizo ademán de levantarse, pero pronto comprendió que no podría ni mantenerse en pie.

Santiago estaba enseguida a su lado.

—No me digas que te voy a tener que atar.

El médico se puso a auscultarle y estuvieron hablando un buen rato. Santiago no paraba de reír. No sabía de qué. Estaba tan cansado que cada poco se quedaba dormido.

—Juan, despierta...

Era Santiago. El médico se había ido.

Tenía un principio de neumonía, y el médico había dicho que bajo ningún concepto se moviera de la cama. Ahora saldría un momento para ir a la farmacia, y a la vuelta llamaría a los organizadores del congreso para decirles que estaba enfermo y que no podría dar aquella conferencia.

—Tienes al menos para una semana.

Le hablaba desde la puerta. Y antes de marcharse añadió con una sonrisa enigmática:

—¿Sabes una cosa? Me alegra que tengas que quedarte. Aunque sea a la fuerza.

Juan volvió a quedarse solo. La habitación era grande y luminosa. Enfrente había un gran armario de tres cuerpos, y a la derecha una cómoda, hecha de la misma madera, oscura, brillante, acaramelada, que el resto de los muebles. ¿Por dónde habían entrado las urracas? Encima de la cómoda estaba el cuadro de una virgen. «Me engañaron los ángeles, parecía estar diciendo, yo creía que anunciaban la felicidad. Estoy harta de tener que cargar todos estos cuchillos.» Una leve cortina cubría la ventana, insinuante como un velo de novia. Las urracas la habían atravesado sin inmutarse.

Habitantes de la niebla.

Volvió a verlas. Esta vez volaban por el canal. Aurora y él estaban en el acueducto y las urracas se posaron en el otro lado.

—¿Cuántas hay? —le preguntó Aurora.

—Tres.

—¿Estás seguro?

Juan volvió a contarlas. Estaban muy quietas y parecían haberse posado allí sólo para que ellos las pudieran contar.

Porque eran portadoras de un mensaje.

—Sí, son tres.

Aurora se echó a andar sin esperarle, aunque se detuviera unos metros más allá. Llevaba un vestido muy corto y sus piernas asomaban bajo la tela como las frágiles patas de las mariposas. Parecía que de un momento a otro se iría volando arrebatada por un golpe de aire, como el resto de sus compañeras.

—Entonces, anuncian boda.

Dijo esto sin ni siquiera volverse para buscar sus ojos.

6

—¿Sabes por qué no me volvía cuando me separaba de ti?

—No.

—Porque no quería que notaras la pena que me daba. Me pasé la infancia pensando en que cuando fuéramos mayores nos íbamos a casar para no tener que separarnos nunca.

Juan se había ido con su familia cuando tenía diez años, y Aurora se había quedado en el pueblo. Aurora había terminado allí el bachillerato y luego se había ido a Valladolid, a estudiar la carrera de derecho.

—Quería ser abogada. Supongo que aquella serie de televisión tuvo la culpa de todo.

Ponían entonces en televisión una serie en que un famoso y sagaz abogado resolvía casos que todos daban por perdidos. Aurora no se perdía ni un solo episodio y escuchaba los brillantes razonamientos de su protagonista con una actitud reverencial.

Cuando fue a estudiar a Valladolid, Aurora se alojó en casa de doña Sofía Benavides, amiga de infancia de su tía.

Sofía Benavides y su marido, Nazario Brizuela, eran de Medina de Rioseco. Fue doña Sofía la que tuvo la idea de que Aurora se quedara a vivir con ellos, pues no tenían hijos. Don Nazario había sido corredor de comercio hasta que un glaucoma le había dejado ciego, y necesitaban una ayuda en casa. Eran los dueños de Villa Julia. Aurora se hospedó allí mientras estuvo haciendo la carrera de derecho.

El trato tenía sus condiciones. Pero en su encuentro madrileño Aurora no le habló de cuáles eran. Juan la acompañó a la estación, y ella le anotó a toda prisa sus señas en un papel.

Poco antes le había hablado de Villa Julia.

—Cuando la conozcas te va a encantar. Parece la casa de un cuento.

Le miró con los ojos líquidos de los niños. Juan nunca había visto unos ojos más brillantes que los suyos.

—Tienes que venir a verme.

En el andén estaban su tía y sus amigas, hechas un manojo de nervios por su tardanza, y ella les presentó a Juan.

Su padre, don Ángel, había tenido una farmacia en el pueblo.

Las tres se acordaban a la perfección y todo se resolvió en abrazos y besos precipitados, pues por los altavoces anunciaban la salida inminente del tren. Aurora corrió a la ventanilla y se despidió de Juan agitando teatralmente su pañuelo, como hacían las heroínas de las películas. Una nube de vapor envolvió la figura de Juan mientras se alejaban, dando a aquel encuentro un carácter de alucinada tristeza.

—¿Cómo iba a suponer que te ibas a presentar en Villa Julia? Así, tan rápidamente, cuando apenas habían pasado dos semanas desde que te había ido a ver.

Eso hizo Juan, cogerse el tren e irse a Valladolid. Le bastaba con pensar en Aurora para sentirse tenso y ligero, como la vela de una pequeña embarcación cuyo lastre se ha arrojado por la borda.

Fue derecho a Villa Julia. Llamó a la puerta y le abrió doña Sofía. Tuvo entonces la extraña sensación de que conocía aquella casa. La impresión fue tan fuerte, tan inexplicable, que no acertó a formular las verdaderas razones de su visita. Trató de improvisar una excusa. Estaba de paso por Valladolid y su padre, al que los dos conocían de la época de la farmacia, le había pedido que fuera a saludarles.

Doña Sofía se emocionó al oír su nombre y empezó a dar pequeños grititos. Llamaba a su marido por el pasillo diciéndole que había venido a verles el hijo de Ángel Hervás.

Entraron en el salón y don Nazario, que se había puesto de pie, le tendió su mano vacilante. Las manos de los ciegos eran como las algas que flotaban a la deriva en el fondo del mar.

Doña Sofía empezó a agitar la campanilla.

—Supongo que querrás un café.

Juan asintió mientras entraba la doncella.

Era Aurora.

Juan se quedó sin habla. Ni siquiera se atrevía a mirarla.

Doña Sofía hizo gestos para que se acercara.

—Anda, guapa. Danos de merendar, que tenemos que llenar el buche.

Doña Sofía se echó a reír y ellos se miraron aturdidos, como en medio de una nube de arena.

Los ojos de Aurora estaban diciendo sálvame.

Pero Juan no podía escucharla. Se sentía engañado. No entendía por qué le había contado aquellas mentiras acerca de sus estudios, en vez de decirle directamente que trabajaba allí de criada.

Estaba en esa edad en que los jóvenes necesitan ser rigurosos con los demás, sin duda por el temor a que sus propias vidas puedan llenarse de hechos inconfesables.

Aurora se había ido. Y doña Sofía, a quien no le pasó desapercibida la turbación de Juan, le dijo:

—No te lo vas a creer, pero está estudiando para ser abogada.

Ése era el trato. Doña Sofía la dejaba asistir a clase por

las mañanas, pero a cambio tenía que hacer de criada. Cuando recibían a alguna visita le hacía ponerse el traje de doncella.

Cuando Aurora volvió con la bandeja, Juan no se atrevió a levantar la mirada del mantel. Tenía miedo a que sólo con mirarle a los ojos descubriera que había dudado de ella.

Aurora puso el mantel, las tazas, el plato de las pastas y sirvió el café. Y se retiró silenciosa.

Nunca antes había existido en el mundo un rostro como el suyo.

Dejó pasar unos minutos y preguntó por el baño. Estaba al final del pasillo, y aprovechó para dirigirse a la cocina. Aurora estaba terminando de ordenar los platos en el aparador.

Trató de acercarse, pero ella se revolvió con furia. Tenía los brazos helados, como si acabara de salir del agua.

—Déjame —murmuró.

Juan se fue. Pero al día siguiente la estaba esperando en la puerta de la universidad.

—Me tocaba venir a mí —le dijo, dándole a entender que le estaba devolviendo su visita madrileña.

Pasearon por los anchos pasillos, cubiertos de azulejos. La luz entraba por las grandes ventanas que daban al patio y los azulejos brillaban como si el agua corriera por ellos.

Eso era la vida, agua, agua que corría sobre las cosas y que ellos trataban de retener.

También el dolor era agua. Te parecía que no se terminaría nunca y de pronto no te acordabas de él. Y recordaba sus últimos tiempos, su desesperación cuando su hermano Eduardo, al anunciarle que quería ir a estudiar a Valladolid, se había negado a que saliera del pueblo.

—Te transformarás en una puta. Todas las estudiantes lo son.

Y en su locura había llegado a encerrarla en la casa. Pero ella se había escapado por el tejado.

Siguieron su paseo por la facultad. Cada clase tenía su nombre y ellos se detuvieron ante la de fray Luis de León.

Ella le pidió algo muy bajo y Juan, que no la entendió, le dijo que levantara la voz.

Aurora se echó a reír.

—¿De qué te ríes?

—De lo tonto que eres.

Un profesor les había contado unos días atrás una anécdota de fray Luis de León. Fray Luis estaba en clase hablando de que también con los herejes era necesaria alcanzar una relación fraternal, cuando unos estudiantes apartados de la cátedra le pidieron que alzara la voz porque estaba ronco y no le oían bien. Y él les dijo: «Estoy ronco, y mejor es decillo así paso, para que no nos oigan los señores inquisidores».

Juan iba a preguntarle algo, pero ella no le dio tiempo a hacerlo. Enseguida estaba tirando de él para enseñarle otra cosa. Le había cogido de la mano para conducirle y ya no se la soltó.

Todos los enamorados necesitan cogerse de la mano, porque tienen miedo a que algo más fuerte que su amor les pueda separar.

Aurora le condujo al paraninfo. Era una sala inmensa, donde tenían lugar los actos académicos y los grandes eventos universitarios.

—Algún día darás aquí una conferencia, y no habrá ni un solo asiento libre, porque todos querrán escucharte. Al terminar, te aplaudirán hasta hacerse daño en las manos.

Iban a entrar, pero un bedel les detuvo diciéndoles que allí no podían estar. Tenía un aspecto atribulado y amenazante.

Se fueron casi corriendo y a Aurora le dio la risa un poco más allá.

—¡Vaya susto!

Antes de saber lo que hacían, se habían abrazado y se estaban besando.

—Yo creo que lo de la ronquera de fray Luis era un truco —dijo Juan.

Aurora le miró con los ojos llenos de luz. No era como si estuvieran allí en el suelo sino como si hubieran estado saltando de balcón a balcón y acabaran de detenerse en el alero de un tejado. De un momento a otro volverían a saltar.

—Hablaba así de bajo —continuó Juan— para que las novicias tuvieran que acercarse a escucharle y aprovechar para comérselas a besos. Porque todas se parecían a ti.

Y añadió:

—Las Auroritas Descalzas. Así se llamaba la orden de la que era confesor.

Aurora sonrió enseñando sus dientes blancos y sus encías cubiertas de saliva. Pero enseguida su expresión cambió. Le dijo que llevaba años esperándole. Que desde que se había ido del pueblo no había habido en el mundo nadie más infeliz que ella.

—Me pasé un año entero yendo al cartero, porque no entendía que no me escribieras.

Se abrazó a él con desesperación.

—Hace tiempo que no siento nada, hazme daño, hazme llorar.

Lo dijo con los ojos cerrados, frotándose contra el tejido de su gabardina, como si quisiera borrar los rasgos de su rostro.

—Estás loca. ¿Por qué iba a hacer algo así?

Salieron a la calle estrechamente abrazados y Aurora se puso a hablar sin parar. De lo dichosa que había sido en Madrid la tarde en que se vieron en su Escuela, y de lo harta que estaba de vivir en aquella casa, y de tener que hacer de criada a doña Sofía y a don Nazario.

—No vine para eso. ¿Quiénes se creen que son?

Se refería a todos los señores del mundo. Con sus casas elegantes, sus cuentas en el banco, su buen gusto y aquella ropa que había que lavar y planchar incansablemente, porque tenía que parecer siempre recién estrenada. Doña Sofía se reunía una vez por semana con un grupo de señoras y ella las oía charlar acerca de los acontecimientos de la ciudad, de las enfermedades de las conocidas y de los que habían fallecido en el año que acababa. Las habría envenenado a todas.

Y se imaginaba yendo a la comisaría y espetándoles a los que estaban allí, permítanme que me presente, soy Aurora Ventura, la envenenadora de Villa Julia.

—También te habría envenenado a ti —añadió, sonriéndole de una forma seductora—. Me parecía que habías venido a reírte y, al servirte el café, tuve ganas de tirarte encima el azucarero y la leche caliente. Me había vuelto mala porque tú vivías en Madrid, eras libre y podías hacer lo que se te antojara, y yo tenía que vivir con aquellos dos carcamales, y ponerme un uniforme que me advertía que éramos distintos, por mucho que cuando estuvieran solos me llamaran para que me sentara a su lado en la mesa y viéramos juntos los programas de la televisión.

Pero no eran mejores que ella, como bien lo demostraban sus conversaciones y sus miserias.

Hizo una pausa. De pronto no se sentía atada a nadie, a ninguna idea, a nada en absoluto, salvo a aquel instante incomparable.

Iba a pedirle que no la dejara volver.

Pero, en vez de hacerlo, se detuvo bruscamente y, pasando los brazos por su cuello, le volvió a besar.

Era mejor así.

—Anda —susurró casi sin aliento—, ahora tienes que hablar tú.

Aurora llevaba una trenca de color azul marino. Después de los besos había perdido parte del carmín de sus labios, que ahora parecían más pálidos.

Juan se acordó de cuando visitaban el acueducto después de las heladas. Las aguas formaban largos carámbanos en la cúpula de los arcos y Aurora los chupaba hasta que sus labios se ponían casi azules. No parecía una muchacha del pueblo, sino otra que vivía en los pozos y en las aguas del canal.

—¿Te ha gustado Villa Julia?

Continuaron su paseo.

A Juan no se le ocurría nada que decir. Era como si caminara al lado de alguien de quien lo desconociera todo. Alguien que se había acercado a él y se había colgado sin más de su brazo. Del que ni siquiera comprendiera su lengua.

—Tiene una historia muy extraña.

Llegaron a la Plaza de Santa Cruz. La niebla se había hecho más densa y los coches llevaban los faros encendidos. La luz de esos faros era amarilla y pasaban a su lado lentamente como copas de fuego que silenciosos criados llevaran al recinto de una fiesta.

Tiene que ser para algo, pensó Juan. Todo esto tiene que suceder por alguna razón.

—La construyó un ingeniero francés —continuó Aurora— que se llamaba Leblanc. Fue uno de los que hizo el ferrocarril. Se enamoró de una chica de aquí, y se casaron a los pocos meses. Se fueron a vivir a la acera de Recoletos, a una casa soleada, llena de cristaleras que daban al Campo Grande. Y la chica enseguida se quedó embarazada. Estaba loca de contenta, pero un día pasó algo sorprendente. Un pavo del parque llegó volando al balcón. Era muy raro, pues los pavos no suelen dar esos vuelos tan largos, y ellos vivían en un tercer piso. Pero se posó en el balcón y fue ella la que lo vio. Esa misma tarde enfermó. Unas fiebres altísimas, que la hacían delirar en alto. Hablaba del pavo, y de que había venido a decirle que el niño que tenía en su tripa llevaba dos semanas muerto. Y así fue. Y de eso le habían entrado las fiebres. Tuvieron que operarla y fue un milagro que se salvara. Aunque no volvería a ser la misma. Odiaba aquella casa, y no quería ni asomarse al balcón, porque la visión de los árboles del Campo Grande y de los pájaros que volaban indiferentes y alocados entre sus copas le parecía un insulto a su tragedia. Se cambiaron de casa y mejoró. Aunque entonces cogió la manía de la comida. Decía que le daba asco. Además, estaba obsesionada con que estaba muy gorda. Era un esqueleto y cuando se miraba en el espejo le parecía que estaba llena de grasa. Leblanc no sabía qué hacer para arrancarla de aquellas obsesiones. Iban al teatro, hizo varios viajes con ella, la llevaba a Madrid para comprarle lo que quería, pero todo fue inútil. Se le había retirado la regla, y no podía volver a quedarse embarazada. Entonces se le ocurrió aquella idea, construir una casa para ella. Una casa donde pudiera ser feliz.

Juan y Aurora seguían paseando bajo la niebla. De vez en cuando se detenían y se ponían a besarse como obedeciendo un mandato. Eran como las figuras siempre idénticas de un mismo reloj.

—La construía —continuó Aurora, pasándose por los labios la punta de la lengua— como si realmente pudiera salvarla. Pero no llegó a tiempo y la chica murió a los pocos meses. No pesaba ni treinta kilos, y parecía que en el ataúd sólo habían metido su ropa. Leblanc abandonó su trabajo y regresó a Francia, dejando la casa a medio construir. Su aspecto actual no es, claro, el que debería haber tenido. Sus nuevos propietarios modificaron un proyecto que sin duda les pareció insensato, y la terminaron siguiendo unos criterios más modernos y funcionales. Pero, aun así, seguía siendo rara, distinta a todas las otras. Como si algo del viejo plan hubiera sobrevivido a pesar de los cambios, y aún pudiera verse la vieja casa semioculta en la otra.

Volvieron a detenerse, a girar sobre sus talones y a juntar sus bocas, para seguir enseguida su pequeña marcha interminable.

—No se encontraron aquellos planos. Leblanc debió de quemarlos. Estaba todo el tiempo en la obra, diciendo lo que tenía que hacerse. Según parece, en aquel proyecto no sólo constaban los planos de la casa, sino dibujos acerca de cómo debían ser los muebles. ¡Hasta los picaportes y las fallebas de las ventanas tenían un diseño especial! Una casa para burlar a la muerte.

Aurora dio un vuelco a la conversación.

—¿Te acuerdas de cuando íbamos al cine en Rioseco? Había tres cines. El Teatro Principal, el Omy y el Marvel.

—A ver si te acuerdas de cuál fue la última película que vimos juntos.

Juan se encogió de hombros sin saber qué contestar.

—*El hundimiento del Titanic.* Luego, cuando te fuiste, me pasaba los días imaginando que también nosotros íbamos en ese barco, pero ignorando, claro, lo que nos iba a pasar. Que estábamos en sus salones, en uno de aquellos camarotes que parecían robados a los sueños. Con el mar helado y azul, bajo un cielo salpicado de estrellas. Que tú me abrazabas dulcemente, porque, a pesar de que entonces éramos unos niños, a mí esta escena me gustaba imaginármela siendo los dos mayores. Tú vestido con un frac, luminoso y resplandeciente bajo la luz de la luna, y yo alegre y locuaz, revoloteando a tu alrededor con uno de esos trajes de gasa, leves y vivientes, que parecen tejidos con las alas de las mariposas. Íbamos en ese barco, pero sin saber lo que nos aguardaba. Entregados tan sólo a aquel juego de los novios y de las manzanas que tienen que robar.

Juan se la quedó mirando, tratando de entender por qué le contaba aquello, y lo que trataba de decirle.

—Contéstame a una cosa.

—¿A qué?

—Es un test que te voy a hacer. Figúrate que estamos en 1912. El *Titanic* está a punto de partir del puerto, y tú y yo estamos ante la pasarela. Sabemos lo que va a pasar, pero también que si subimos nos aguarda el camarote más hermoso del barco, y nubes de apuestos camareros dispuestos a llevarnos allí la comida y los vinos más ricos. Que por las noches podremos pasear por las cubiertas barnizadas por el agua del mar y, en los salones, bailar hasta el amanecer bajo el brillo de las lámparas, los espejos y las piedras preciosas, arrebatados por la música de la orquesta y el rumor hipnótico de las olas. Además, y esto es lo más importante, que en todo ese tiempo no recordaremos nada. Que tan pronto pisemos la cubierta del barco se borrará de nosotros la memoria de su próxima destrucción, y que podremos pasar esos días robados al destino sin inquietud ni temor, entregados tan sólo al dulce presente de nuestros besos... Y ahora viene la pregunta del millón: ¿te subirías conmigo? ¿Lo harías si te lo pidiera yo?

—Pero estás loca... Podríamos ser felices en los muelles. En uno de los hotelitos.

—No, allí no... Allí no podríamos serlo.

Caminaron en silencio. El rostro de Aurora se había ensombrecido. Cuando volvió a hablar, lo hizo con una voz más trabajosa y lenta, como si al tiempo que lo hacía tuviera que cargar sobre sus hombros un fardo.

—Prométeme una cosa.

—¿Qué?

—Que cuando seas un arquitecto famoso construirás una casa para mí. Una casa que lleve mi nombre.

Juan se lo prometió.

—Una casa como Villa Julia, sólo pensada para la felicidad.

Paseaban ahora por la Plaza Mayor, bajo los soportales de la calle de Ferrari. Todos los escaparates estaban encendidos.

Se detuvieron ante una zapatería.

—¿Te dije que me tuve que escapar? Eduardo no quería que estudiara en Valladolid y la mañana en que tenía que venir a matricularme llegó a encerrarme en la habitación. Pero me escapé por el tejado. Al principio me daba un miedo horroroso. Las tejas estaban resbaladizas, pues acababa de llover, y tenía que andar muy despacio, abrazándome a todas las chimeneas que encontraba, como si hubiera perdido el poco juicio que tenía. Pero, de pronto, me sentí inexplicablemente feliz, como si allí, en el tejado, fuera más fácil que los deseos se cumplieran. ¿Y sabes en quién pensé? En la señorita Adela, cuando estaba con aquella niña que la obligaba a seguirla por los lugares más insospechados. Y en que también ella, a su manera, tuvo que ser feliz en aquellos instantes terribles.

Lo peor era después, cuando la señorita Adela tenía que curarla y su sangre empapaba tiras enteras de algodón porque la herida de su pecho no dejaba de manar.

La herida que le había hecho Jordi Monzó, el ingeniero catalán.

—Todos los que andan por los tejados van persiguiendo sueños.

Cuando celebraron la Fiesta de la Harina, Jordi Monzó acababa de llegar al pueblo. Vino en coche. Un Renault que parccía un estuche. Le había bajado la capota y venía cubierto de polvo. Se detuvo en el Corro de Santo Domingo y preguntó a un paisano dónde estaba el pueblo de Tamariz. En Tamariz, a la altura de la sexta esclusa, había unos batanes. Su dueño le había mandado llamar para mejorar la maquinaria y poder fabricar tejido a unos precios más competitivos. Fue en el Corro de Santo Domingo donde Jordi Monzó y la señorita Adela se encontraron por primera vez. Ella iba con unas amigas, y todas se quedaron mirando al coche y a su extraño conductor, pues los coches eran muy poco frecuentes en esa época. Entonces, Jordi Monzó se quitó las gafas dejando al descubierto el cerco blanco de su piel en torno a sus ojos febriles, que no parecían pertenecerle. Era como si se los hubiera robado a un fantasma.

Por eso tenían aquel poder.

7

—Aquella fiesta tenía que ser recordada por los tiempos venideros —dijo doña Manolita—. Fue una época en que todo parecía posible. La Primera Guerra Mundial había transformado Europa en un auténtico infierno, pero España permanecía, con su neutralidad, ajena a todo aquel dolor. ¿Sabéis cuántos hombres llegaron a morir? Diez millones. Nunca antes había sucedido nada igual. La nueva época se iniciaba con aquella catástrofe, anticipo de las muchas que habrían de sucederse a lo largo del siglo, sin duda uno de los más atroces de la historia de la humanidad. Pero nosotros no nos dábamos cuenta. Es más, nos aprovechábamos. Ya se sabe, en el infierno hay fuego y el fuego pide que se construyan hornos y los hornos reclaman harina para amasar el pan con que habrá que alimentarlos. Nunca de estas tierras ha salido más harina. Ni más blanca. El dinero trajo nuevas maquinarias, fabricadas en Suiza, con lo que la pureza y el refinado de la harina era mayor. Más blanca y pura cuanta mayor era la desolación y la tristeza del mundo. Supongo que se trata de un misterio. Lo más puro escondiéndose en lo más hondo del sufrimiento y de la noche. Los fabricantes no podían responder a todos los pedidos y, como no había suficiente con el trigo de los alrededores, se decidió recurrir a la importación. Empezó a llegar el trigo americano, y se trabajaba a un ritmo enloquecedor. En turnos de doce horas, incluidos los domingos. Las barcazas iban y venían por el canal como las procesiones de hormigas, cargadas de aquellos sacos de yute, cada uno con cien kilos de harina. Fueron unos años de euforia. No se sabía qué hacer con el dinero. Se construían casas, las mujeres no paraban de gastar, y cualquier motivo era bueno para celebrar bailes, funciones teatrales y hasta zarzuelas, pues en este pueblo siempre hubo una gran afición a cantar, no me preguntéis por qué. Recuerdo que en el casino llegaron a estrenar una zarzuela escrita por dos de sus socios, *Para desmentir la fama o el forastero obsequiado*, que fue un éxito clamoroso, muy celebrado por todos los del pueblo. Los habitantes de Rioseco tenían fama de tacaños en los alrededores, y con aquella zarzuela reivindicaban sus verdaderas virtudes. Y fue ciertamente una época especial, en que convivieron, como nunca antes ni nunca después volvería hacerse, el afán de modernidad y el deseo de novedades con la inevitable reacción de los sectores más rancios que, apoyados por el clero, veían cuestionada su influencia. Llegó a haber hasta cinco bailes a la vez. Recuerdo un suelto en el periódico *Ecos del Campo* en que se criticaba el relajo de las costumbres. El gasto excesivo, que exigía pagar las rentas de locales, luz, manubrio, billetaje, ambigú, y el afán de lucirse de las jovencitas casaderas, los sombreros ladeados sobre la cabeza, los rizos sobre la frente, los peinados seductores, las medias transparentes, y cómo el lujo provocaba la corrupción de las costumbres y, en los humildes, excitaba el deseo de enriquecerse valiéndose de artificios y engaños. El artículo, que por ahí debe de estar, terminaba animando a las jóvenes a que vistieran con arreglo a su condición y clase, a fin de evitar el desprecio de las personas sensatas. También empezaron los conflictos sociales. Pues, al lado de esa prosperidad, los obreros agrícolas llegaban a pasar hambre, y los que trabajaban en las fundiciones se quejaban de los salarios tan bajos y de la dureza del trabajo. No creo que haya habido un pueblo más clasista que el nuestro. En los veranos, el paseo tenía lugar en los jardines del Castillo y en el Parque Duque de Osuna. Había tres paseos paralelos. El de los señoritos, el de los curas y el de los artesanos. Paseaban todos a la vez y no llegaban a mezclarse...

Estaban en una galería acristalada. Doña Manolita trasladaba su mesa allí con el buen tiempo y cuando ellos llegaban con los pedidos les mandaba a la cocina a por la limonada. Se la bebían los tres juntos, en vasos tan grandes que sus manos de niños apenas podían abarcar, mientras doña Manolita les hablaba sin descanso.

Casi siempre de la señorita Adela.

A través de los cristales veían la fábrica de don Mariano, circundada por una hilera de olmos. Antes toda la zona estaba llena de olmos, porque utilizaban su madera para fabricar las piezas de los carros. Las palomas se posaban allí en alborotadas bandadas, para recoger el grano que se caía de los carros.

Aurora y Juan solían visitarla al atardecer. Los rayos del sol entraban a través de los cristales y teñían de un oro cansado los muebles y las paredes. Doña Manolita, de vez en cuando, suspendía su relato y cerraba los ojos, dejando que el sol dorado le bañara el rostro, moviendo los labios como si lo paladeara.

—Para los viejos el calor es como la miel.

Doña Manolita solía llevar una blusa con un gran cuello de encaje sobre el que descansaba una piedra negra, de azabache. Algún día, les decía, os contaré la historia de esta piedra. Pasaba de los ochenta años y tenía una grave enfermedad que la había reducido a la inmovilidad, pero seguía manteniéndose lúcida y poseía una memoria portentosa.

Doña Manolita era prima de la señorita Adela, y siempre había sentido hacia ella una tierna inclinación. Habían sido de hecho grandes amigas, a pesar de la diferencia de edad, pues cuando la señorita Adela había cumplido diecisiete años, y se celebró aquella fiesta en el casino, ella acababa de enviudar por segunda vez. Doña Manolita tuvo tres maridos, y a los tres los enterró. No parecía haberlo sentido en exceso. El primero, Faustino Campos, fue un hombre débil, sin voluntad, y los Albertos, como ella decía, Alberto Casquete y Alberto Valdivieso, inconstantes e inmaduros. Sintió debilidad por el segundo de los Albertos, Alberto Valdivieso, un hombre pequeño, de ancho torso, que siempre estaba sofocado y que andaba con un raro movimiento de vaivén que daba a su marcha un aspecto disarmónico y triunfal, como si acabara de caerse del tejado y volviera descoyuntado y feliz a su casa diciendo a cuantos se encontraba, ¡si supierais lo que pasa allí arriba! Tenía un don maravilloso, su voz de bajo. También un vicio, las mujeres. Se pasaba el día en la cocina y en el patio, persiguiendo a las criadas.

—Quien todos los días visita sus campos —decía—, todos los días encuentra una moneda.

Y así debía de ser, pues muchos de los hijos con los que luego se veía a las mujeres del barrio se decía que eran el fruto secreto de tales andanzas. Las hechizaba con su voz y luego hacía lo que quería con ellas. Eso pasaba, según doña Manolita, porque las mujeres eran tontas. No sólo se empeñaban en tener hijos sino que los querían especiales, distintos de los que tenían las vecinas. Hijos que no pertenecieran enteramente a este mundo. Por eso se rendían ante los hombres dotados de alguna cualidad especial. Algo que les hiciera pensar que podían ser los padres de esos niños excepcionales y raros. ¿Quién sabe por qué? ¡Era tan extraño! Querían tener niños con crestas coloradas o con pequeñas escamas, niños que vinieran con una marca, algo que indicara que no habían venido al mundo porque sí, sino para cumplir una misión. Una misión que haría de cada uno de sus gestos una joya que, una vez recibida, no se pudiera olvidar. Pero no se daban cuenta de que eran sueños así los que las llevaban al fracaso. ¿No era eso lo que le había pasado a la Virgen María? ¿Por qué otra cosa habría recibido a los ángeles sino para tener un niño así? ¿Y ese niño no terminó siendo su ruina completa?

—Ay, los niños, los niños... Eran la perdición de las mujeres. Se creían diosas cuando los llevaban en las barrigas, o los acunaban en sus brazos, sin darse cuenta de que, al hacerlo, preparaban su destrucción. No, no era leche lo que éstos tomaban de sus pechos tan delicados, sino la sustancia misma de sus vidas y de sus sueños. Pero, en fin, eso no tenía remedio, y por eso las mujeres no prosperarían nunca y siempre estarían sometidas a los hombres, a pesar de que éstos eran claramente inferiores a ellas en casi todos los sentidos.

El sol se había ido retirando y reinaba en la casa una penumbra bella y misteriosa que recordaba el fondo del mar. Doña Manolita solía bajar entonces el tono de su voz y les hablaba con palabras que no parecían pertenecerla. Palabras que crecían en esa misma penumbra encantada y que ella se limitaba a acompañar y mostrar. Palabras tan antiguas como el mundo, tan misteriosas como la vida.

—Y también era lo que quería mi prima. Un niño único, distinto a todos los de allí. Un niño que tuviera aletas y branquias, para llevarle al canal y que le trajera noticias de las profundidades y de los más lejanos ríos. Un niño que pudiera respirar bajo el agua, y que siguiera a escondidas a las barcazas hasta Herrera de Pisuerga, y que tomara allí el cauce del río hasta llegar al Duero, y por él descendiera cada vez más decidido y alegre hasta la ciudad de Oporto. Un niño que le trajera noticias de ese puerto trasatlántico, de la vida de los marineros y de todos los que se arriesgaban a cruzar el inmenso océano en busca de una vida distinta, una vida que en nada podía parecerse a la que llevaba allí, en aquel pueblo en que a unos almirantes palurdos les había dado por levantar palacios e iglesias, un imperio polvoriento y ajado, hecho, como todos los imperios que han existido, sobre la injusticia, el desprecio y la dominación de la mayoría.

Doña Manolita se calló un instante y estuvo mirándoles a los ojos. Luego, a través de la cristalera, se quedó contemplando el lejano canal.

—Qué hermoso está todo, los árboles están en silencio pero llenos de vida. Si fuera más joven, me iría con vosotros al canal, y pasearíamos por sus orillas.

Y añadió con tono decidido:

—¿Cómo podían creerse que representaban la justicia? La justicia, para toda aquella legión de marquesitos, señores, dueños de ganaderías, gerentes de fábricas y fundiciones, notarios y magistrados, sólo consistía en perpetuar sus privilegios. ¿Pero justo para quién? ¿Para el arcángel o para el hombre? ¿Para los que lo tenían todo o para los que no tenían nada?

Se detuvo un momento. Luego, después de respirar hondo y de erguirse lo más posible, continuó haciendo un esfuerzo.

—Pero Adela no era así. Pertenecía a esa clase de seres que piensa que es la justicia la que debe seguir la voz y el mandato de los sueños. Por eso soñaba con aquel niño buceador, y por eso, cuando no pudo tenerle, se volvió loca. Loca como sólo ella podía estarlo, poniendo también en el empeño de rebelarse contra la verdad toda la fuerza y el esplendor de su joven vida. No pudo tener ese niño, ni ningún otro, aunque esté la historia de la niña que mató Monzó, el ingeniero catalán, y todo lo que vendría después, aunque no creo que una cosa deba mezclarse con la otra. El caso es que mi prima, que, después del escándalo de la fiesta, terminó casándose con el marquesito, no lograba quedarse embarazada y removió Roma con Santiago para conseguirlo. Fueron a Madrid, y llegaron a visitar a un famoso doctor en Londres, que según parece atendía a las mujeres de las principales Casas Reales. Todo fue inútil y, después de gastar una fortuna, llegó a ponerse, a su regreso, en manos de curanderas y medio brujas, que tampoco le resolvieron nada. Aún más, empeoraron las cosas. Fue como acercar una cerilla a un barril lleno de pólvora a rebosar.

Hablaba como si todo lo que decía, las palabras y los hechos que evocaba al hacerlo, fueran el estuche que debía contener la única piedra preciosa que había en aquel lugar, su prima Adela.

—Venía a verme a menudo y nos pasábamos la tarde juntas. Casi le doblaba la edad, pero algo raro nos unía, haciendo de nuestros corazones dos hornos gemelos. Allí mismo estaba la fundición de Morán, y a media mañana los obreros salían unos minutos a la calle para almorzar. Llevaban monos azules, y Adela, antes de subir a mi casa, se detenía a hablar con ellos. ¿Y sabéis lo que pensaba? Que eran mucho más hermosos y divertidos que los señoritos que iban por el casino. También más delicados. Recuerdo que cuando Adela iba a su encuentro, ellos comenzaban a andar y a moverse con más atención y delicadeza, como si llevaran en su pecho una copa llena del más precioso líquido y temieran ir a derramarlo a sus pies. Acababa de tener lugar la revolución bolchevique en Rusia, y también ellos querían una jornada más corta, mayor seguridad en el trabajo y salarios más dignos. ¿Era eso tan malo? ¿Era tan extraño que odiaran a los señoritos y a los curas, que clamaban desde los púlpitos diciéndoles que el rico y el pobre eran miembros de un mismo cuerpo y que cada uno tenía que aceptar el lugar que se le había asignado, aunque a uno le hubiera tocado la cabeza y a los otros los pobres y desollados pies? Adela se detenía a su lado y se reía con sus bromas. «Cásate con nosotros», le decían. Y ella les contestaba que bueno, pero que tenía que ser con todos a la vez, pues ninguno le sobraba. Y les llamaba según el día de la semana que cada uno tendría asignado para visitarla por las noches cuando vivieran juntos. Me acuerdo sobre todo de Jueves. Era un chico renegrido, que cantaba como los gitanos. A mi prima y a mí nos gustaba aquel tango tan precioso, *El tango de los lunares*, que él cantaba con una gracia y una picardía irresistible.

Tengo dos lunares,
tengo dos lunares,
uno a la vera de la boca
y el otro donde tú sabes.

Recuerdo que, cuando se lo oías cantar, te daban ganas de poner la boca en aquellos párpados que él cerraba para concentrarse y, aprovechando que no te veía, beberte el interior de sus ojos.

Lo más hermoso de doña Manolita eran sus manos. Cuando les contaba aquellas historias, las agitaba levemente en el aire como si fueran el resto aún vivo de sus antiguas alas. Unas alas que ahora, olvidadas de su función, la hacían sufrir terriblemente. Aunque ella las mostrara llena de orgullo.

—Y la fiesta fue, en efecto, de las que no se olvidan. Aunque por motivos bien distintos a los previstos. Pues lo que pasó aquella noche en el casino, y luego por el canal, sería muy comentado en el pueblo durante los meses que siguieron, y acabó sin duda con el deseo de los organizadores de volver a repetirla alguna vez.

E, inclinándose hacia ellos, añadió con una sonrisa perversa:

—Con una Reina de la Harina tuvieron de sobra.

Doña Manolita señaló su vaso vacío, dando a entender a Aurora que debería ir a por más limonada. Por unos instantes, Juan y ella se quedaron solos.

Le mandó a por los dibujos.

Estaban en el aparador, en un bloc. Allí estaba el dibujo de la ondina del canal. Era su preferido. Se trataba de una mujer que flotaba en un río. A través del agua se veía su cuerpo desnudo y su amplia cabellera rojiza. El sol se reflejaba en la superficie, y ella parecía haber emergido de las profundidades y estar asomando su carita para dejarse acariciar por sus rayos. Al final de sus piernas se adivinaban dos colas de pescado.

—Ahora eres tú el que se acuerda de las cosas —murmuró Aurora, que se había sentado a su lado en la cama.

—Sí —continuó Juan—, puedo recordar esa figura con sólo cerrar los ojos. Tenía las mejillas levemente sonrosadas y la superficie del agua estaba llena de reflejos. Podía verse la leve línea de sus cejas y de sus pestañas, su pequeña nariz, que habría bastado para volver loco a cualquiera, y aquella expresión de ternura tan melancólica, como por el presentimiento de un pesar ineludible.

En aquel bloc estaban los dibujos que Monzó, el ingeniero catalán, había hecho a la señorita Adela. Normalmente, meros esbozos de alguna parte de su cuerpo o su rostro, una mano, una rodilla, un pie, pero también otros más acabados, como la serie de desnudos entre los que destacaba el de la ondina del canal.

Le hizo extenderlos sobre la mesa.

Doña Manolita los contempló un instante, y luego miró hacia arriba, como si sospechara que habían caído del techo.

—Jordi Monzó era un magnífico dibujante, y cuando hizo esta serie, en especial el dibujo de la pequeña ondina, estaba locamente enamorado de mi prima. Pero ¡atiende!, y te lo digo para que te andes con ojo. Ella era una mujer, y todas las mujeres están obsesionadas con entregarse a una gran pasión. Viven esperando ese momento sin saber que, cuando llegue, las destruirá. Por eso quiero que sepas que mirando estos dibujos no aprenderás nada del amor. Lo que importa no es la cera sino la llama del cirio.

—¿De verdad te dijo eso?

—Sí. Tú habías ido a la cocina a por más limonada, y mostrándome el dibujo de la ondina me hizo reparar en algo que había en la orilla, junto a unos juncos. Parecía una prenda de mujer.

—Esta prenda existió de verdad. Era un camisón y fue el catalán quien se lo regaló a mi prima. Hizo un viaje a Madrid y a su regreso se lo trajo en secreto, que Adela ni siquiera pudo llevarlo a su casa y tuvo que dármelo a mí para que se lo guardara. Era de seda venida de Italia. Monzó decía que eran los italianos, y no los franceses, los que mejor entendían los gustos de una mujer.

—¿Y yo qué era para ti?

—No te entiendo.

—Pero mira que eres tonto... ¿La llama o la cera?

8

—Aquello se parecía a una boda —continuó doña Manolita—. Abogados, médicos y farmacéuticos, registradores y notarios, comerciantes, agricultores bien lavados, perfumados y ataviados con lo mejor que tenían, y cuyas mujeres ostentaban, casi todas, vestidos nuevos, empezaron a acudir al casino desde el comienzo de la tarde. Todo el mundo se conocía y enseguida empezó la fiesta. Las salas del casino estaban magníficamente engalanadas para la ocasión, y vibraban con las conversaciones, las risas, la música y el chocar de cuchillos, tenedores y vasos. Todos tenían ganas de divertirse, puesto que habían venido para eso, y ya de entrada se ponían a tono, sobre todo las mujeres maduras y, en particular, las más gordas. Presidía el recién elegido presidente del casino. Un hombre de aspecto confortable, imponente, cuyo nombre no recuerdo ahora, que llevaba un esmoquin algo estrecho, un reloj de cadena y unos bigotes que parecían barnizados. Su mujer no era menos impresionante, embutida en un vestido de seda negro sobre el que lucía, como en una vitrina, un montón de diamantes verdaderos o falsos. Bruscamente la orquesta calló y alguien anunció a gritos la llegada inminente de la Reina y de sus damas de honor. Y, en efecto, se abrieron las puertas del fondo y apareció el esperado cortejo. Todas eran chicas de aquí. Las más radiantes y hermosas, con los ojos encendidos por la excitación, como una bandada de cisnes ágiles pero fáciles de atrapar, hechos para la captura y las dulzuras sangrientas del degollamiento. Iban vestidas de blanco, en recuerdo de la harina, que daba a nuestro pueblo la prosperidad y la fama en Europa, y sin duda la más hermosa era Adela. Recuerdo que su pelo rojo destacaba sobre la blancura del vestido y la diadema blanca como las matas de los espinos blancos en la luz roja del atardecer. Un árbol florecido, eso era su radiante juventud. Nunca estuvo más hermosa, y todos se quedaron en silencio, hasta que fueron saliendo de su pasmo y se pusieron a reír y a aplaudir. También la música volvió a tocar. Las trompetas hacían un estrépito horroroso, y todo el mundo gritaba, reía, se besaba, y la reina y sus damas pasaban de unos brazos a otros en medio de una creciente excitación. Fue entonces cuando Adela vio el rostro pálido del ingeniero levantarse hacia el suyo para darle dos rápidos besos en las mejillas. Era medianoche. Todos se buscaban riendo, amenazándose, enlazándose, y Adela iba de unos brazos a otros, un poco aturdida tras haber recibido los besos de Monzó. Sabía que estaba en el pueblo y que había venido a hacer un estudio sobre las necesidades de los batanes de Tamariz, pero no había vuelto a saber de él desde la mañana en que había llegado y le vio descender de su coche en el corro de Santo Domingo. Después de esos besos siguieron otros, y en una profusión que a Adela terminó por fatigarla. Su padre le plantó dos nuevos, y lo mismo hizo la mujer que estaba sentada a su mesa y que tenía aspecto de verdulera. Partían serpentinas de todos los rincones, y bolitas de algodón multicolores que los camareros acababan de distribuir a toda prisa. Todo el mundo reía como si estuviese histérico, reía por nada, por una serpentina, por una bola de algodón en la nariz, todos radiantes, con una beatitud casi inhumana. Entonces volvieron a encontrarse. Adela se descubrió entre los brazos del catalán, dando vueltas alrededor de la pista. Era una atmósfera propicia a la confianza, el abandono y la fraternidad. ¿Acaso no se besaban todos? Ahora el movimiento continuaba, la gente buscaba por los rincones a quienes habían olvidado antes, llevaban a las mujeres bajo los farolillos de colores para besarlas de repente en las mejillas dando gritos de alegría y, antes de que se dieran cuenta, también ellos se estaban besando. Luego, y detenidos en uno de los balcones que daban a la calle, se pusieron a charlar. Jordi Monzó le estuvo contando quién era, y lo que había venido a hacer al pueblo, y ella se puso a hablarle atropelladamente de sus deseos de abandonar aquel lugar y conocer otras ciudades y otros países. «¿Cuáles?», le preguntó interesado Monzó. Las mejillas de Adela estaban sonrojadas por el calor y el movimiento físico, y en sus ojos había un brillo de alegre locura. Era como si de un momento a otro fuera a saltar desde el balcón, y a desaparecer corriendo por la calle. «A América», le dijo, «me gustaría ir a América». «¿Y por qué a América, precisamente?» Adela muchas veces había visto posarse a los herrerillos, los gorriones y los jilgueros en las enredaderas de su casa. Saltaban de una rama a otra y de pronto ya no estaban allí. ¿Adónde iban?, se preguntaba. Y pensaba en lo felices que debían de ser, pues eran libres, alegres y podían ir de un lado a otro sin dar cuenta a nadie de por qué lo hacían, tan veloces como los pensamientos y las semillas de diente de león. «Porque una desea ir a todas las partes», pensó en contestar a Monzó, pero se limitó a sonreírle con beatitud. Se sentía inmensamente feliz y casi le extrañó que los que cruzaban en ese momento la calle pudieran pasar a su lado sin alzar los ojos para verlos en el balcón. El sol se estaba poniendo y una luz dorada bañaba las cosas. Alguien la llamó para que fuera a presidir la entrega de los premios, y tuvieron que separarse. Antes de hacerlo, sin embargo, se acercó a Monzó y le susurró al oído, «me tienes que llevar en tu coche». Y, en un arranque inesperado que luego la llenaría de vergüenza, le besó en la mejilla. Monzó reaccionó al momento, devolviéndole aquel beso. Aunque no en la mejilla sino en su boca entreabierta. La retuvo por el grácil talle y, como el que atrae hacia sí la rama viva de un árbol, puso sus labios sobre los de ella. Sólo un instante, como si se hubiera inclinado sobre esa rama para percibir la fragancia de una flor. No nos pueden ver, parecieron decirle sus ojos cuando se separaron. Y era, en efecto, como si aquellos que se habían besado hubieran sido otros, otros que pudieran llevar a espaldas de todos una vida distinta, una vida que nada tenía que ver con lo que ellos conocían o eran, y que fuera sigilosa y extraña como la vida de los peces, los ratones y las culebras de agua. Como si no pudieran verlos porque su vida transcurriera en el interior de las paredes o en el lecho de los pantanos y de los ríos. Todos la seguían llamando y Adela se vio transportada casi en volandas hasta la tarima donde alguien puso en sus manos los premios que tenía que entregar. ¡Y, después de aquel beso, qué hermosos le parecieron los que subían a recibir esos premios! Los niños que lo hacían muertos de vergüenza, el poeta que había ganado la flor natural, el domador de caballos, el novillero menudo y fibroso que había toreado la tarde anterior. «El catalán me está esperando en su coche», les decía con el pensamiento, «no volveré a veros porque tengo que irme con él. Es obligatorio». Concluida la ceremonia, todos se pusieron a gritar y a aplaudir, y muy pronto había vuelto la música y el baile. El vestido de Adela ceñía su bello pecho, destacando sus formas juveniles, y su melena llena de rizos se derramaba sobre sus hombros como materia animada y preciosa. Volvió a ver a Monzó, aunque esta vez no estuviera solo, sino bailando con otra chica del pueblo. La chica se reía ruidosamente, de una forma que a ella le pareció vulgar. También le molestó que aprovechara la intimidad del baile para acercarse a su pareja más de lo que aconsejaba el decoro. Monzó reía enseñando sus dientes, y su pelo negro brillaba por efecto de las luces como si acabara de sacar su cabeza del agua y le estuviera hablando a la chica de la vida que llevaba abajo, en las profundidades. Entonces Adela debió de darse cuenta de una cosa. Que Jordi Monzó jugaba a un juego peligroso; peligroso no para él, se entiende, que apenas arriesgaba nada, sino para todos los que en la misma apuesta se jugaban el alma convencidos de que él hacía lo mismo. Pero ya se sabe —continuó doña Manolita, mirándoles alternativamente a los ojos—, siempre queremos a aquellas personas que son incapaces de querer. Y eso empezó a hacer Adela mientras se acercaba a él abriéndose paso entre las parejas ensimismadas, quererle como nunca antes había hecho con nadie, con toda su alma, con toda su determinación, entregando a esa tarea todo su ser completo, como hacemos cuando, jugando a las cartas, tenemos clara la jugada a la que vamos a apostar. Esta vez sí, nos decimos, esta vez la suerte estará de nuestra parte. Y era como si Adela avanzara con la mano llena de monedas y las pusiera sin dudar en la mesa, sobre la carta elegida. ¿Obtuvo lo que quiso? Los jóvenes enamorados son tontos. Piensan que basta con desear algo con suficiente intensidad, poniendo en ello toda la fuerza de su asentimiento, para que esto tenga que suceder. Pero esto no tiene por qué ser así, ya que la verdad que hay en sus corazones raras veces cabe en la realidad del instante en que se han entregado. La realidad nunca basta para contener la verdad. Y era eso lo que iba pensando Adela mientras se acercaba a Monzó y a su compañera de baile, aunque ella no lo hubiera formulado así. Hubiera querido quedarse a solas con el catalán, y preguntarle por qué la había besado, y si significaba algo ese beso. En definitiva, si era verdadero o no. Por qué le había besado así, y por qué tenía aquel calor en sus labios, como si la bebida que tuviera en su vaso acabaran de retirarla del fuego. Entonces volvió a escuchar las carcajadas de la chica y vio los sacos de harina. Habían decorado esa parte del salón con sacos, cada uno con el sello de una de las fábricas de la zona, y ella se dirigió al que estaba abierto, cogió en sus manos un puñado de harina y, dirigiéndose a Monzó y a su rival, se lo echó por encima de sus cabezas. La chica, al ver arruinado su vestido y su peinado, voló a su vez hacia los sacos y con un gesto de locura puso perdida a Adela. A la confusión de los más cercanos pronto le sucedió el júbilo, pues al poco tiempo todos estaban dando gritos y tirándose harina por encima. Bastó aquello para que la fiesta degenerara en una auténtica batalla campal, de la que no quedaron libres ni el magistrado, ni los médicos ni sus señoras. Ni siquiera el párroco, don Eustaquio, o el sargento de la Guardia Civil, el pobre sargento Mauro, que más tarde por cierto tendría tan trágico final en las revueltas obreras de los años treinta. Los músicos mantuvieron el tipo y poco a poco los sacos se fueron vaciando al ritmo cada vez más frenético de la música. Ante la imposibilidad de contener aquella locura, las autoridades y sus señoras fueron abandonando el casino, mientras los más jóvenes y los más bebidos seguían aventando la harina por todos los rincones. Llegaron a abrir las ventanas y a vaciar los sacos que quedaban sobre los perplejos paseantes. En medio de esa tormenta blanca, Adela y Monzó volvieron a encontrarse. Ella estaba sentada entre los sacos semivacíos y Monzó, al verla, se adelantó deseoso en su busca. El suelo estaba tamizado de blancura y era como si caminara por un prado cubierto de nieve, frente al sol, mucho más bello de lo que había sido nunca. Adela se arregló con destreza el vestido. Apenas tuvo tiempo de más, pues Monzó la había tomado en sus brazos y la arrastraba a la pista de baile donde empezaban a girar. No sentía su cuerpo, y se dejaba llevar por su compañero, que la retenía firmemente contra su pecho. Su brazo la sujetaba el talle con tanta fuerza que pensó que con sólo apretar un poco podría quebrar su espina dorsal. Y era dulce sentir esa fuerza tan extraña y rendirse a sus mandatos. Era la fuerza que movía el mundo, que fijaba a los astros en sus órbitas silenciosas y que hacía rodar por las pendientes a los objetos redondos. Todo está unido, decía esa fuerza, la vida es una única corriente impetuosa. Y ellos formaban parte de esa corriente y también se dejaban llevar. ¿Adónde? ¿Importaba saberlo? No, mientras esa fuerza estuviera allí y les arrastrara como el agua de los ríos hacía con las bayas de los escaramujos. Adela tenía una de sus manos sobre el pecho de su compañero y percibía el sonido rítmico de su corazón. No hay prisa, decía ese sonido. Monzó había vagado por el mundo entero y ella supo que le tendría que obedecer. Una chica empezó a gritar. Al canal, vamos al canal. Un grupo de chicas y chicos habían tenido la idea y abandonaban atropelladamente el casino. Cuando Adela quiso darse cuenta, también ellos lo hacían. Monzó la había tomado de la mano y ella se dejó conducir por las calles hasta llegar a la dársena. Ya era de noche, aunque los obreros siguieran trabajando. Lo hacían en turnos de doce horas, porque el trabajo no se podía detener ni un solo momento. En ese momento estaban terminando de cargar una de las barcazas, y los chicos les pidieron que les dejaran subir. Llevaban botellas de aguardiente y de ponche e invitaron a beber a los obreros, de forma que enseguida se había producido entre ellos un clima de alegre fraternidad. Ya se sabe, una vez que se ha bebido todos los hombres buenos y honrados son nuestros hermanos y todas las mujeres amables nuestras hermanas... y no hay diferencia entre campesino y comerciante, o entre obrero y patrón; ¡y ay de quien quiera afirmar lo contrario! También ellos bebieron, hasta que Adela tuvo que buscar el cuerpo de Monzó para sostenerse. Estaba algo mareada y el calor de su cuerpo le recordaba el de los novillos. Ya no se separaron en toda la noche. Se montaron en la barcaza, en compañía de los obreros y de los otros chicos, y estuvieron gritando salvajemente a la noche estrellada, como una manada de lobos que hubieran descendido al páramo desde la montaña sintiendo la llamada de los rebaños y de los dulces balidos de las ovejas. ¿Y por qué iban a ser culpables si en esos balidos no percibían el dolor? Cómeme, cómeme, las oían decir. Se daban felices el atracón y después de terminar con el rebaño completo continuaban con las ranas, los peces silenciosos, los pequeños moluscos que surcaban el fondo dejando en el limo huellas que semejaban estrechas roderas de bicicleta. ¿No era eso el amor? ¿Un banquete?... Poco a poco todos se fueron quedando en silencio. Era la melancolía del agua en su cauce. La miraban ensimismados mientras la barcaza ascendía con lentitud arrastrada por las mulas, que parecían avanzar sin esfuerzo por los caminos de sirga, como si todo transcurriera en un sueño. Monzó permanecía a la espalda de Adela, y abrazaba levemente su talle. Estaban tan juntos que parecían un único ser. Entonces se inclinó sobre ella y, al tiempo que volvía a besarla, acarició su vientre y sus pechos por encima del vestido. Aún más, dejó su mano sobre su pecho izquierdo, tal vez queriendo escuchar los latidos de su corazón, como si lo hiciera sobre un animal dormido. Y ella no se opuso. Tenía los ojos fijos en el canal. No sabía por qué, pero a veces le parecía que tenía que ver con ella. Su nostalgia secreta del agua y de todo lo que sucedía debajo llegaba de repente a la superficie de su propia vida, como si un animal precioso y raro, acostumbrado a vivir en el fondo del canal, hubiera subido a la superficie por razones desconocidas. Esta vez mientras Monzó mantenía la mano sobre su pecho. Pero entonces sólo se trataba de un juego. Aún no existía el mal. Esa noche, cuando Adela llegó a su habitación, estuvo sentada en su cama largo rato, llena de perplejidad, meditando largamente sobre lo que había pasado en la fiesta. De pronto, cruzó las manos y se echó a llorar. ¡Sabe Dios por qué lloraba! No sabía por qué le brotaban tan inesperadamente las lágrimas, cuando debiera haberse sentido feliz. Se las enjugaba y volvían a brotar, como el agua de un arroyo largo tiempo retenido.

9

Juan había vuelto a dormirse y, al despertar, tardó en saber dónde estaba y lo que hacía allí. La fiebre parecía haber bajado, y a través de la ventana escuchaba los ruidos de la calle, tan semejantes a aquellos de su infancia. Las voces de los niños, el sonido metálico de los motores, el ladrido de algún perro y el zureo atragantado de las palomas que merodeaban por los tejados próximos, pues la ciudad por aquella zona carecía de árboles y de macizos vegetales, y sus calles tenían la dureza de los solares. Pensó en que a esas horas debería estar leyendo su conferencia en el Palacio de Congresos ante sus otros colegas. Pero esta vez no le importó demasiado. Bien mirado, aquellos encuentros no servían de gran cosa. Eran una sucesión de monólogos, y nadie escuchaba a nadie. Ése era el problema de los arquitectos, que no se escuchaban entre sí. Tal vez porque trabajaban con materiales demasiado perdurables y todos aspiraban a que sus obras fueran eternas. Los arquitectos eran los emisarios de la muerte. Habría que hacer las casas en las copas de los árboles, se dijo mecánicamente, sin darse cuenta del alcance exacto de una frase así. Y se acordó de aquella propuesta del arquitecto futurista Antonio Sant' Elia, que llegó a proponer la construcción de viviendas temporales, de una vida más breve que la de sus habitantes, para que cada generación pudiera decidir el aspecto de su ciudad.

—Calla, calla...

Aurora estaba a su lado y volvía a reclamar su atención.

—Tenemos que darnos prisa, mucha prisa. Dentro de poco volverás a estar bueno y te querrás marchar.

Juan pensó en Eduardo, el hermano de Aurora, y en que aún no había tenido ocasión de hablar con él. No podía marcharse del pueblo sin hacerle aquella pregunta que no le dejaba vivir.

—¿Dónde estoy?

—En casa de Santiago. Tuviste un accidente y Santiago te trajo a su casa. El pobre está encantado. Nervioso como una novia. Eres un rompecorazones, y también a él le rompiste el suyo. Pero ¿sabes una cosa?, siempre estuvimos orgullosos de ti. Santiago venía a verme con los periódicos en que se hablaba de tus triunfos, y se veían las fotografías de tus obras. La Casita del Embajador en Comillas, como un hongo en medio del bosque de pinos; el Museo del Cine de Vitoria, con su escalinata bordeada de grandes animales dormidos; las viviendas del valle de Arán, que recordaban delicados senos de muchacha, y el pequeño teleférico sobre las hoces del Duratón, tan leve y escueto como una escritura en el aire. De todas ellas mi preferida era esta última, porque era la más delicada e inconcebible. Como un tren pequeñito que se hubiera puesto a ascender hacia el cielo. Casi, casi como este que teníamos aquí. Nuestro insufrible tren burra. ¿Te acuerdas del último viaje que hicimos juntos en él? Tuvo lugar poco antes de que te fueras del pueblo con tus padres. Fuimos a Valladolid con doña Eustaquia, una tía de Santiago, que tenía que hacerse análisis en el hospital. Llegamos a la estación y, como tenía la cita muy temprano, nos quedó libre el resto del día. Por la mañana fuimos a ver a una conocida de doña Eustaquia y por la tarde, al cine. Aquella señora vivía en el barrio de los Pajarillos. Recuerdo hasta el nombre de la calle, Oropéndola. ¿Y sabes una cosa? Ahora siempre que las veo, porque las oropéndolas casi siempre van en pequeños grupos, me acuerdo de nosotros tres, cuando, agarrados de la mano, seguíamos a doña Eustaquia buscando el número de la casa donde vivía su conocida. No parábamos de reírnos y era como si también nosotros fuéramos dejando a nuestro paso un rastro de indefinición y de oro. Aquella señora recibía en su propio piso, y vendía artículos nuevos a precio de saldo. Sobre todo, combinaciones y medias de nylon, que era el tejido de moda, y platos y vasos de duralex. Ahora nos hemos acostumbrado a estos materiales, pero entonces nos fascinaban, porque no parecían reales. Las mujeres se volvían locas al tocar aquellas prendas tan finas que se pegaban al cuerpo como una segunda piel, y nosotros nos quedábamos mirando los platos y vasos de duralex como si no termináramos de convencernos de su realidad.

Hizo una pausa y enseguida continuó.

—Oh, tú también eras así. Íbamos por el canal y a mí me gustaba ir detrás de vosotros para veros mejor. Me gustaba miraros cuando andabais, cuando tirabais piedras, que rebotaban en la superficie del agua, cuando os subíais a los árboles para buscar nidos. Tenía que miraros constantemente, sin despistarme un solo momento, porque me parecía que no erais dos muchachos, sino dos duendes, dos espíritus del canal, y que, de la misma forma que ahora estabais allí, jugando a mi lado, muy pronto podíais haber regresado a vuestro mundo de agua. Pero... espera, espera... Que me he vuelto a perder. Estaba contando otra cosa...

Aurora hizo una larga pausa y Juan permaneció con los ojos fijos en la ventana. La casa de Santiago daba a la calle principal del pueblo, siempre animada por el ir y venir de la gente que tenía ocupaciones y por los corros de ociosos que buscaban la sombra o la solana mientras charlaban apoyados en las columnas o las paredes. Estaba llena de comercios acicalados, con escaparates de grandes lunas, y sus luces bañaban las fachadas de las casas y se colaban cansinas por sus ventanas como el aroma de viejas acacias.

Juan volvió a escuchar a Aurora.

—¿Te acuerdas de lo que hicimos luego?

Negó con la cabeza.

—Fuimos a comer a un restaurante y doña Eustaquia, que quería visitar a unas viejas conocidas, nos depositó a los tres a la puerta del teatro Pradera. Estuvimos viendo una película preciosa, *La increíble historia del hombre menguante*. Me acuerdo de ella como si acabara de verla. ¿Y sabes por qué? Porque cuando poco después te fuiste con tu familia a Madrid sólo podía pensar en ti como el hombrecillo de la película. Oh, me decía, si le hubiera pasado eso, se habría tenido que quedar. Y me imaginaba el viaje de regreso al pueblo, y el tren burra pasando a la altura de Villanubla por una nube radiactiva. Los vagones tenían en su extremo una pequeña plataforma, como el balcón alegre de una casa, y a veces los chicos salíais a hacer pis desde allí. ¡Si supierais la envidia que me daba! Que pudierais hacerlo así, de pie, como desafiando al mundo lanzando la orina lejos de vosotros, ¡y no como nosotras, que teníamos que ponernos en cuclillas, con las mejillas sonrojadas por la vergüenza! Entonces te pillaba la nube, y en mi fantasía empezaba una nueva película en que el hombre menguante eras tú. Una película que, al principio, en todo se parecía a la que acabábamos de ver. Pues al llegar a Rioseco la ropa empezaba a venirte grande, y en los días siguientes los puños de las camisas te llegaban a las puntas de los dedos, y no tenías que desabrocharte los cordones para ponerte los zapatos. Y así una semana tras otra, consumiéndote en medio de la alarma general, pues nadie podía explicarse lo que te pasaba y cada día se te veía más pequeño y delgado, que marcábamos tu altura haciendo una raya sobre la pared, y las rayas estaban cada vez más bajas, que muy pronto para hacerlas teníamos que ponernos de rodillas para llegar a tu altura. ¡Y qué guapo estabas tú! Eso era lo extraño. Cuanto más pequeño, más guapo y alegre, que en esto en nada te parecías al hombrecillo de la película que habíamos visto en el teatro Pradera, que cuanto más menguado se veía, mayor era su malhumor y su tristeza.

Aurora se detuvo. Se oían ruidos en la puerta, y Juan y ella contuvieron la respiración pensando que Santiago acababa de regresar de la calle y se encaminaba a su cuarto. Pero el silencio volvió a restablecerse y Juan le pidió que continuara con sus recuerdos.

—Pero todo se estropeó cuando te fuiste con tus padres a comienzos del nuevo curso. Y lo peor no era que te hubieras ido, sino que dejara de saber de ti. Fueron unos meses terribles. No podía entender por qué no me escribías y me pasaba noches enteras llorando. A veces iba al canal. Cogía la bicicleta y, siguiendo su orilla, llegaba hasta la sexta esclusa, donde estaba el acueducto. Allí, en uno de sus arcos, estaba nuestro sitio. Retirabas una de las piedras y quedaba un hueco del tamaño de un zapato donde solíamos guardar pequeños tesoros. Sólo tú y yo lo conocíamos. Pues bien, retiraba esa piedra y, poniendo la boca en el hueco, te empezaba a llamar. «Juan, Juan...», decía, «estoy aquí, dentro de la pared». Y me imaginaba que estabas en tu casa en Madrid, y que oías algo, una vocecita, palabras casi inaudibles que venían de otro mundo, y que buscabas por todos los lados hasta darte cuenta de que procedían de una de las grietas de la pared, porque todos los agujeros y grietas del mundo estaban comunicados entre sí y bastaba con poner el oído en una de ellas para escuchar las cosas más increíbles. Y tú ponías tu oído en esa grieta y me escuchabas perfectamente, a pesar de que estábamos a más de doscientos kilómetros de distancia. Te pedía que me escribieras, pero tus cartas seguían sin llegar, y poco a poco también yo dejé de ir al acueducto para hablarte a través de la pared. Supongo que fue el final de mi infancia. Pero pasaron los años y un buen día fuiste tú quien volviste a mí sirviéndote de mis sueños. En esa época ya vivía en Villa Julia. Estaba estudiando derecho y empecé a tener aquel sueño. Yo iba por el canal y de pronto escuchaba que me llamaban, pero, al volverme, sólo percibía el sonido del agua que se agitaba, como si alguien acabara de sumergirse. Seguía andando y volvía a escuchar aquella voz, pero para perderla de inmediato. Había una tercera vez y, entonces, al volverme, veía algo inmóvil entre los juncos, y la agitación del agua recibiendo ese cuerpo anhelante, los golpes leves en su superficie, como si no fueran los miembros de un hombre, sino otros más dúctiles, adaptados a esa vida sumergida. Un cuerpo dotado de aletas y cola que escapaba a mi vista cuando me volvía. Y lo más curioso era que a esa minúscula escena le acompañaba siempre una indescriptible sensación de felicidad. El sueño se me repitió varias veces a lo largo de ese trimestre, y recuerdo que poco antes de las vacaciones de Navidad me llamó mi tía desde Rioseco para decirme que se iba a Madrid con unas amigas y que si quería acompañarlas. Entonces todavía no pensaba en ti. Llevábamos ocho años sin vernos, y tenía demasiadas cosas en la cabeza. La verdad es que era bastante feliz. El trabajo en Villa Julia lo resolvía en un santiamén y me pasaba el resto del tiempo en la facultad, hablando con mis compañeros. Mis malos recuerdos habían quedado atrás para siempre. Pero me volví loca en Madrid y decidí correr a tu encuentro. Recuerdo cómo me latía el corazón en el taxi cuando me acercaba a tu escuela. Todo lo veía con una claridad meridiana. «Claro», me decía pensando en mi sueño, «el hombre pez era Juan». A partir de ese encuentro, empezamos a salir juntos. Venías a verme a Valladolid casi todas las semanas. Te alojabas en una pensión que estaba muy cerca de Villa Julia, en la Plaza de Santa Ana. Recuerdo que una vez quise subir contigo para ver la habitación y que el dueño, un señor con el pelo grasiento y con ojos de sepulturero, se puso hecho una fiera y nos dijo que, si queríamos hacer marranadas, mejor nos fuéramos al pie de una tapia. Tú te enfrentaste a él, y yo te hice salir a la calle porque aquello se estaba poniendo francamente desagradable. Recuerdo que, al caminar apoyada en tu pecho, sentía los latidos atropellados de tu corazón, y que me sentí orgullosa de que hubieras salido en defensa de nuestro amor. Y entonces estuviste genial. Te volviste hacia mí, y me dijiste, pues no me parece mala idea lo de la tapia. Y buscamos una preciosa, llena de desconchones y de pintadas, y estuvimos en plan salvaje hasta que los labios nos dolían de tantos besos. La noche estaba llena de estrellas y de vez cuando hacíamos una pausa y nos las quedábamos mirando. Y eran como ojillos de gentes de otros mundos que se asomaran a escondidas para espiar a los hombres. Debía de ser divertido vernos desde arriba. Otra cosa era estar allí. Tenerte en los brazos y sentir que en aquellos besos estaba la vida, pero también la desdicha. O mejor, que si nos besábamos y nos abrazábamos con aquella fuerza, cerrando los ojos al hacerlo, era sólo para burlar a la muerte. Eso eran los besos, estar en el árbol del paraíso, como hacían los pájaros, junto a la manzana no arrebatada, tratando de que la muerte pasara de largo.

10

—Pero mi prima no era libre —continuó doña Manolita—, estaba Tomás Araujo. Era el hijo pequeño del marqués de Villagodio que, aparte de él, tenía otros tres hijos: un varón, Alberto, que era el mayor y que heredaría el título del marquesado, y dos hembras, Pilar y Leticia. La mujer, doña Consuelo Simal, había muerto al parir a su última hija. Unos meses antes de la famosa fiesta, don Mariano y el marqués acordaron la boda de mi primita con Tomás, al que había conocido ese mismo verano. Tomás había tenido en su infancia un grave accidente, al caerse de un caballo, y desde entonces estaba cojo. No sólo eso, sino que una lesión en la médula le ocasionaba terribles dolores de espalda y había épocas en que no se podía levantar de la cama. El marqués se gastó una fortuna en tratar de remediar aquel mal, aunque sin demasiado éxito. Tomás se había pasado gran parte de su vida en los hospitales y ninguna de las operaciones a que se le sometió logró librarle de aquellos dolores. En consecuencia, se aficionó a la morfina. Entonces no era difícil de conseguir, pues se vendía en las farmacias sin grandes exigencias, y bastaba la simple receta de un médico. Tanto los dolores como los efectos de la droga le volvieron un ser inseguro, que rehuía las relaciones sociales. De hecho, al terminar la carrera, en vez de optar por alguna de las múltiples oportunidades que se le brindaban en Madrid, decidió volver a Rioseco a ocuparse de la ganadería de toros de lidia de su padre. Tomás amaba aquellos animales desde su infancia, y se entregó en cuerpo y alma a esa tarea. Los resultados fueron magníficos, pues en pocos años logró mejorar tanto la estampa como la bravura de sus toros y aquella ganadería llegó a ser una de las más solicitadas por todas las plazas de España. Sin embargo, apenas se dejaba ver por el pueblo. Vivía aislado en su caserío, junto a la carretera de Villaesper, y cuando no andaba por los prados vigilando a sus novillos, permanecía encerrado en su casa dedicado a su otra gran pasión, la poesía. Por entonces reinaba el modernismo. Una poesía viva, musical, llena de delicadeza y misterio, cuya búsqueda esencial era el encuentro con la belleza y el anhelo de eternidad. Había sido introducida en España por el gran poeta nicaragüense Rubén Darío, y Tomás se pasaba las horas muertas leyendo aquellos libros vitalistas y sensuales, poblados de dioses y ninfas, de mandarines y odaliscas, de princesitas, de Pierrots y Colombinas... Era un mundo exquisito de pagodas, viejos castillos, salones versallescos o jardines perfumados, con sus estanques, sus cisnes, sus pavos reales... pero misteriosamente traspasado de tristeza, melancolía y nostalgia. También él mismo escribía de esos mundos, aunque sólo una vez leyera en público sus poesías, en el casino, y nunca las llegara a publicar. Se enamoró de mi prima en el baño de la señora María Paz. Se trataba de un aljibe, situado junto al canal, en la zona de las huertas. Había algunas muy conocidas, la huerta de la Loli, la de la Jesusa, la de las Morellonas, pues la tierra era fértil y, como no le faltaba el agua, las patatas, las zanahorias y las berzas crecían hermosas y rotundas, y la gente del pueblo se acercaba cada día a comprarlas. La señora María Paz tenía un amplio aljibe para el riego y tuvo la brillante idea de adecentarlo para que durante el verano, en los días de mayor calor, las señoritas pudieran bañarse en él. Les cobraba una pequeña cantidad y ellas podían refrescarse al abrigo de las miradas de los curiosos, pues la huerta estaba vallada y la zona del aljibe, cubierta de espesura. Pues bien, una de esas tardes calurosas Tomás se pasó por allí con el deseo de comprar hortalizas. La señora María Paz no andaba por los alrededores y se encaminó al aljibe. Entonces oyó voces y ladridos, el ruido de los cuerpos chapoteando, y se escondió detrás de unas matas. Allí estaba mi prima, que se estaba bañando. La visión fascinó a Tomás. Mi prima no estaba sola, sino acompañada de su perro, que nadaba excitado a su alrededor. Adela tenía la piel tostada y su pelo flotaba a su espalda como la tinta del calamar. La breve enagua que llevaba, transparente por el agua, dejaba adivinar las formas de sus pechos. Tomás no sabía quién podía ser. Apenas abandonaba su finca y nunca había visto a aquella muchacha por las calles del pueblo. No tendría más de dieciséis años y, si bien todavía no era una mujer, su figura deliciosa se movía con desenvoltura por el agua como si fuera una criatura acuática, dueña de los secretos de aquel mundo líquido. El perro la acompañaba feliz en aquellas evoluciones, correspondiendo a sus llamadas y a sus juegos. De vez en cuando, sacudía su cabeza y una nube de gotas, encendidas por los rayos del sol, salía disparada en todas las direcciones, como una lluvia de oro. Ambos gozaban de un vínculo de amor y alegría como jamás había contemplado antes. De pronto la muchacha se sumergió, desapareció bajo el agua y, por unos momentos, Tomás llegó a dudar de que aquella criatura deliciosa hubiese sido algo más que un producto de su imaginación. Pero enseguida Adela emergió a la superficie y miró a su alrededor con una leve expresión de fastidio, como lamentando tener que abandonar aquel mundo sumergido, en que era dueña de otras facultades, otros deseos, un cuerpo distinto, más apto para la dicha. El perro fue a su encuentro y se puso a trepar por la orilla. También lo hizo ella, sin preocuparse de sus rodillas arañadas y de su aspecto de rata ahogada. Al incorporarse, vio a Tomás, que había abandonado su escondite y todo lo contemplaba como si se tratara del episodio de un mito. Adela le devolvió esa mirada. Su enagua se transparentaba dejando al descubierto su cuerpo, pero ella no parecía consciente de ello. Tomás no estaba acostumbrado a que le miraran las mujeres, y mucho menos a ser inspeccionado por ellas como si fuera un joven potro en la feria de caballos. Fue mi prima la primera en hablar. «¿Quién eres?», le preguntó. Tomás tuvo que hacer un esfuerzo para balbucear su nombre. El calor era intenso, y la proximidad de Adela, de su cuerpo aún húmedo y de sus ojos interrogantes, casi le impedían respirar. Eran parientes lejanos, pues la madre de Adela y la de Tomás habían sido primas, y Adela enseguida supo de quién se trataba. Había oído hablar a su madre de Tomás, de su trágico accidente y de su sufrimiento en las clínicas madrileñas, y al ver el bastón en su mano sintió en su corazón una oleada de ternura. Tomás llevaba sólo unos meses en el pueblo y apenas salía del caserío de Araujo. Mi prima debió de parecerle una de esas ninfas u ondinas que poblaban sus poesías modernistas. Y concibió al instante por ella una honda y devastadora pasión. No pudieron hablar mucho más, pues enseguida oyeron voces y risas. Eran las otras muchachas que venían a bañarse. Llegaron en grupo y, al verles en el aljibe, se detuvieron azoradas y maliciosas. El perro de Adela corrió a su encuentro ladrando y ellas le recibieron con gritos y caricias. Tomás aprovechó para despedirse de mi prima. El sol había secado su enagua de algodón y los rizos rojizos que enmarcaban su rostro volvían a recordar los de un cordero. Se vieron de nuevo esa tarde. Tomás se presentó en la fábrica y le pidió al padre de Adela, don Mariano, permiso para ir a buscarla al día siguiente. Pero ella, que estaba allí casualmente y le había visto entrar, le esperó al pie de las escaleras. «A quien tienes que pedir permiso es a mí», le dijo. Tenía las mejillas, el cuello y parte del pecho manchados de harina, y Tomás sacó su pañuelo y la estuvo limpiando. Le limpió la mejilla, y la harina que manchaba su cuello, pero al llegar al pecho se detuvo. «También tengo manchado aquí», le dijo mi prima, adelantando su pecho joven. Y Tomás pasó levemente el pañuelo sobre su vestido para limpiárselo. Guardaría hasta el final de su vida ese pañuelo.

—Juan, ¿sigues ahí?

—Te estoy escuchando.

—Nunca dejé de pensar en la señorita Adela y en su trágico destino. Es difícil de explicar. Recordaba cada una de las palabras de doña Manolita y me preguntaba por qué había puesto aquel empeño en contárnoslo todo. Había vivido guardando celosamente sus recuerdos, y de pronto se pasaban por allí dos niños y les hacía depositarios de secretos terribles, sin importarle el daño que pudiera hacerles el tener que guardarlos en sus corazones. Como si antes que sus propias vidas sólo le importara que aquellos secretos no se perdieran.

Y añadió:

—Pero ¿por qué nos eligió a nosotros?

Juan no supo qué contestar y poco a poco volvió a percibir el sonido remoto de aquella voz, que recordaba el del agua corriendo sobre las tejas en las tardes de lluvia. Se dio cuenta de que doña Manolita no buscaba oyentes sino aliados.

—Cuando Tomás se presentó a buscarla, mi prima ya le esperaba en la puerta. Acababa de amanecer y fue ella la que cogió las riendas de la tartana. El caballo estaba preciosamente ataviado y sus crines bailaban sobre su cuello como el pelo recién lavado de una mujer. Se dirigieron a la ermita de Castilviejo, para rezar a la Virgen. Detrás del altar había una pequeña cámara donde la gente depositaba sus exvotos. Adela quiso visitarla. «Es una sorpresa», le dijo. Abrió su pequeño bolso y extrajo de él un pañuelo. Llevaba envuelta una diminuta piernecita de porcelana. Se la había quitado a una de sus viejas muñecas, y le dijo a Tomás que iban a dejarla allí para que la Virgen no se olvidara de que tenía que sanarle la suya. Le hizo retenerla entre sus manos y formular con los ojos cerrados aquella petición. Luego mi prima volvió a cogerla y, con una cinta que se había quitado de su corpiño, colgó la pequeña pierna rosada de uno de los clavos que había en la pared. «Ya está», le dijo, «ahora tenemos que esperar». Y a Tomás aquel plural le conmovió hasta las lágrimas. Todas las paredes del cuarto estaban llenas de fotografías y exvotos diversos. Desde trenzas y mechones de pelo, hasta muletas y pequeños objetos: zapatos de niños, medallas, leves escapularios. También representaciones de los órganos enfermos, manos, ojos y pies, y pequeños corazones sangrantes. Todos soñaban con curaciones milagrosas, y órganos intactos como frutos recientes. Donde había hombres había dolor y desgracias, y por tanto necesidad de consuelo. También el anhelo de la belleza inexplicable. Cuando salieron de la ermita, el cielo estaba salpicado de nubes blancas y una suave brisa refrescaba la mañana. A su alrededor estaban los campos de cereal. La brisa meneaba las espigas formando largas ondulaciones que recordaban el movimiento de las olas. Montaron en la tartana y se encaminaron al caserío. Pasaron cerca del río. Los árboles aún estaban deliciosamente cubiertos de rocío y sobre la superficie del agua temblaban los rayos de sol. Enseguida vieron los primeros toros. Negros y ensimismados, como criaturas de las sombras a las que hubiera sorprendido la repentina llegada del día. Tomás hizo detenerse el caballo y ayudó a mi prima a bajar de la tartana. Condujo el caballo hasta una encina, y cuando fue a reunirse con mi prima, ésta se encaminaba decidida en dirección a uno de los toros. Era muy peligroso, pero parecía moverse en el interior de un campo de fuerza cuyo centro gravitatorio era el poderoso animal. Tomás reaccionó pidiéndole que se detuviera, pero entonces la distancia que la separaba del animal no era superior a diez metros. Mi prima se detuvo, absorta en la contemplación del toro, mientras Tomás avanzaba lentamente en su busca. «No te muevas», le susurró al llegar a su lado. El toro levantó la cabeza de la hierba y se les quedó mirando. Pesaría unos quinientos kilos, y era un toro astifino, de poderosa y temible belleza. Entonces arrancó a andar. Ellos permanecieron inmóviles. Tomás sujetaba a mi prima por el talle y sentía la tibia proximidad de su pecho izquierdo. También los latidos acelerados de su corazón. Sin embargo, Adela estaba sonriendo. Ajena enteramente al peligro, parecía disfrutar sobremanera con la insólita escena. Y Tomás supo que esa mujer sería su desgracia. También que ya no podría retroceder, porque había decidido hacerla su esposa. Era como si, a pesar de su juventud, viniera de un mundo demasiado antiguo, demasiado misterioso, como si estuviera demasiado inmersa en su propio pasado secreto como para que pudiera acomodarse sin dificultades al pobre y pequeño presente que él podía ofrecerle. Y se dio cuenta de que, hiciera lo que hiciera, nunca le pertenecería. Mientras tanto, el toro había llegado a su altura y pasaba de largo como si no les concediera la mínima importancia. Lo hizo tan cerca que pudieron sentir el calor que exhalaba su cuerpo, como una nube de vapor. Tomás descubrió entonces que no se podía mover. La tensión muscular había contraído sus vértebras y, cuando fue a andar, el dolor fue tan insoportable que llegó a marearse. Ni siquiera pudo llegar a la tartana. Tuvo que sentarse en el suelo. Estaba pálido, y un sudor frío invadía su cara y sus manos. «Estás helado», le dijo Adela, que corrió a la tartana para buscar una manta con que taparle. Como el dolor no cediera, Tomás le pidió la morfina. No le dijo lo que era. Sólo que en la tartana había un maletín negro, y en él el instrumental necesario para ponerle una inyección. Adela no había puesto jamás una inyección, pero se sobrepuso al miedo y cumplió escrupulosamente las órdenes de Tomás. El efecto de la morfina fue inmediato y Tomás se quedó dormido unos minutos. Adela se había arrodillado a su lado y una de las manos de Tomás quedó apresada bajo su vestido, tocando levemente su rodilla y su muslo. Y ella permaneció inmóvil, prolongando ese contacto sobre su piel desnuda, hasta que Tomás empezó a despertar.

Aurora se echó a reír.

—Doña Manolita era la caraba, una auténtica corruptora de menores.

Ellos tenían diez años y les hablaba como lo haría a dos amantes.

—¿Y no lo éramos?

—¿Qué?

—Dos amantes.

Caminaban por la orilla del canal y, cuando estaban suficientemente lejos y nadie podía verles, se daban la mano, y continuaban en silencio, escuchando el sonido del viento en los chopos y el del agua moviendo los juncos y los carrizos de la orilla. Al atardecer, podían quedarse horas enteras escuchando absortos el croar de las ranas, como obteniendo noticias de la vida en el fondo de los pantanos.

—¿Cómo era lo del vestido?

Aurora contuvo con dificultad las ganas de echarse a reír.

—La mujer se excita cuando un hombre mete las manos bajo su vestido. Se imagina que él quiere hacerle algo malo y eso la hace sentirse expectante y traviesa.

Ambos se rieron.

—Doña Manolita era genial. Decía de pronto algo así y se quedaba mirándote embriagada y feliz, como si acabara de revelar al mundo una verdad nunca dicha acerca de la vida y de los anhelos que agitan los corazones de los hombres y de las mujeres. Según ella, unos y otras estábamos aquí para lo mismo.

Eso era el amor, dos ladrones robándose.

11

—¿Aún conservas la foto de la noria?

La voz de Aurora seguía desgranando las cuentas de aquel collar infinito que era el pasado, sin darse cuenta de la magnitud exacta de su tarea. Era como uno de esos personajes de los cuentos infantiles que se ven obligados a ejecutar pruebas que desafían la razón, como vaciar un lago con un cacillo agujereado o construir un palacio en una sola noche, para salvar lo que aman. Aurora se aplicaba a esa tarea con la modestia de quien no se plantea ni su imposibilidad ni su ausencia de lógica.

—Celebrabais el paso del ecuador de la carrera, y te empeñaste en que fuera contigo a la fiesta. Fue cuando conocí a tus compañeros de curso. «Te presento a mi novia de Valladolid», decías con una expresión de sorna, y yo pensaba que eras un caradura y que cuando nos quedáramos solos te ibas a enterar, porque creía que te estabas burlando de mí. Pero estaba encantada. Tus compañeros eran amables y divertidos, y tú estabas tan guapo que te salías de la ropa, con aquellos ojos acechantes y oscuros, que eran los ojos de los ladrones y las comadrejas. Hagas lo que hagas, te va a dar igual, me decían esos ojos cuando me los quedaba mirando. Y así era, que por más que tratara de resistirme siempre que te acercabas a mí era para llevarte algo. Un pensamiento, un recuerdo, una horquilla, un sorbito de sangre. ¿Y me importaba? No, no me importaba. Aún más, quería que siguieras haciéndolo, hasta dejarme sin nada. Que te llevaras todos mis sueños y mis pensamientos, hasta las letras de mi nombre, y que a partir de entonces tuviera que seguirte a todos los sitios como un corderito, porque sólo tú podías decirme quién era y lo que iba a ser de mí. Por eso en aquella foto estoy tan pálida, aunque también tenga esa expresión de felicidad, como si ya no me quedara nada y una simple corriente de aire pudiera llevarme por los aires como hacía con los papeles y las bolsas vacías. Ya sabes lo que decía doña Manolita del amor, que sólo consiste en robar. Pero los recuerdos continúan ahí. Santiago y tú os reíais de mí, porque era capaz de acordarme de las cosas más insólitas, pero en realidad lo único que hacía era fijarme. Acabábamos de comer y veía los platos y los vasos vacíos, y las botellas a medio llenar, y de pronto pensaba, tienes que fijarte en esto, porque era como si algo me dijera que tendría que volver a ese lugar para buscar algo olvidado. Y eso me pasó en aquella fiesta, y por eso podría contártela como si acabara de suceder. Cuántos éramos y los nombres de cada uno, los tiovivos y las casetas que visitamos en el Parque de Atracciones, el menú del restaurante adonde fuimos a cenar, y hasta los bebés y los mendigos que nos fuimos encontrando por las calles, que no sé por qué esa tarde me iba fijando en cosas así. Ya sabes: Aurora, la memoriosa. Te podría decir hasta cómo eran las medias que llevaba puestas. Con aquella hilera de letras que se perdían bajo la falda, como diciendo, lo importante es lo que hay escrito debajo. Habíais estado varios días en Venecia, donde me compraste aquellos pendientes tan bonitos, de un coral tan rojo que parecían teñidos de sangre; y luego hicisteis un pequeño tour por varias ciudades centroeuropeas, viendo edificios sin parar. Todos estabais entusiasmados y no parasteis de hablar durante la noche de los arquitectos que admirabais. ¿También recuerdo sus nombres? Adolf Loss, que a todos los sitios adonde iba llevaba una loncha de jamón y un vaso de leche, pues sufría del estómago, y que todo su empeño, cuando estaba a punto de morirse, fue tratar de convencer a su enfermera de que aceptara un nuevo diseño de uniforme; Le Corbusier, que terminó viviendo en un bosque, y cuyos últimos amigos fueron un agricultor, un ebanista y los carpinteros que le habían ayudado a construir su cabaña; Mies van der Rohe, que había resumido todo el espíritu de la arquitectura moderna con una frase feliz, «menos es más»; Wright, que acumuló cuatro biografías distintas a lo largo de sus noventa años de vida y que construyó la casa de la cascada. Y sobre todo Wittgenstein, que a los veinte años deslumbraba con sus ideas a todos los filósofos de Europa y que de pronto se retiró por completo del mundo y los últimos años de su vida los había pasado trabajando de jardinero.

—Pero Wittgenstein no era arquitecto.

—Bueno, da igual. Construyó una casa para su hermana. Era como Leblanc, el arquitecto de Villa Julia.

Juan recordó aquel viaje. Había sido el viaje de estudios de su promoción. Estuvieron en París, en Amsterdam y sobre todo en Viena.

—Háblame otra vez de ella. De la casita que Wittgenstein construyó para su hermana.

Al llegar a este punto de su relato, Juan le había enseñado las postales de aquella casa, y Aurora se había echado a llorar. Juan la había estrechado contra su pecho tratando de saber lo que le pasaba, pero ella no había querido decírselo.

—Anda, dime cómo era.

—Estaba en un barrio de Viena, junto a un pequeño canal. Wittgenstein no era arquitecto. Había sido un famoso filósofo, pero de pronto se había retirado. Tenía una gran fortuna, y un signo de fatalidad parecía abatirse sobre toda la familia. Dos hermanos suyos se habían suicidado, y una tercera estaba al borde la locura. Construyó aquella casa pensando en su hermana pequeña, tratando de protegerla. Una casa concebida para que pudiera ser feliz. Y se ocupó de todo. Desde diseñar los planos, hasta los picaportes de las puertas. La casa era muy despojada y limpia, como si estuviera al comienzo del tiempo y todo en ella fuera aún posible. Estaba junto a un parque y, a través de sus grandes ventanas, se veían las copas de los árboles y un pequeño estanque. Pequeñas lomas cubiertas de césped temblaban a su alrededor como un país acuático, e innumerables ardillas, que apenas abultaban lo que un puño, subían y bajaban de los árboles. Eran veloces y repentinas, y se pasaban el día junto a las ventanas mirándolo todo con ojos vivos e inteligentes. Como si dijeran, venga, venga, queremos espectáculo. Pero la hermana de Wittgenstein no llegó a vivir en ella, y fue siempre una casa vacía, dispuesta para acoger a alguien que nunca traspasaría su puerta.

—La señorita Adela habría necesitado una casa así. Una casa al lado del agua.

—En muchas ciudades centroeuropeas las casas están construidas junto a los canales. El agua circula bajo las ventanas y pequeños puentes unen unos barrios con otros. Es en Amsterdam donde los canales son más hermosos. Nosotros estábamos en un hotel situado en esa zona y nos bastaba con cerrar los ojos para sentir el sonido del agua golpeando los cimientos de las casas. Si la señorita Adela hubiera vivido en Amsterdam, le habría bastado con bajar a la puerta para encontrarse con el hombre pez.

Juan se echó a reír y Aurora se lo recriminó.

—No me gusta que te lo tomes a broma.

Juan y ella habían llegado a hacer días antes, en Valladolid, una pequeña investigación. Estuvieron consultando los archivos de *El Norte de Castilla*, el periódico local, hasta dar con la noticia que hablaba de aquel hecho tan insólito, que ellos conocían a través de doña Manolita. En un periódico del año 1919 se mencionaba cómo los vecinos de Tamariz, Villanueva de San Mancio y Medina de Rioseco hablaban de extraños fenómenos en el canal. Los animales se asustaban, y un pastor, al regresar al pueblo con sus ovejas, había visto la figura de un hombre mirándole desde la oscuridad. La alarma había cundido por unos días, en que los mozos habían llegado a organizar patrullas para explorar el canal, pero todo había sido inútil y nadie había vuelto a ver a aquella extraña criatura. Sólo un pequeño suelto, dos semanas después, del corresponsal del periódico en Medina de Rioseco, volvía a mencionar a aquella criatura fantasmal, aunque entonces en un tono abiertamente jocoso y moralizador. Aconsejaba a las muchachas que no se pasearan por allí, especialmente de noche, y aprovechaba para hablar de los peligros de la vanidad, sobre todo en aquellas muchachas que, fascinadas por la volubilidad de las modas, sólo pensaban en los adornos y el lujo, lo que era causa de la corrupción de las costumbres. El suelto terminaba con un elogio de la sencillez, que, según su autor, era lo más noble, gracioso y cristiano.

—A lo mejor es cierto, a lo mejor existió.

—Es una posibilidad.

Aurora se dio cuenta de que no se la tomaba en serio, pero siguió sin hacerle caso. Seguía con su eterna tarea, vaciar el canal con un cacillo agujereado.

—También nosotros —continuó— íbamos a ver al hombre pez. Doña Manolita nos contaba su historia y nosotros íbamos al canal por la noche. Nos desafiábamos a ver quién aguantaba más, quién soportaba mejor el miedo. Santiago y yo por una orilla, y tú por la otra. Avanzábamos cuando mayor era la oscuridad, y sentíamos el rumor del agua que corría a nuestros pies, atentos al menor ruido que pudiera revelar la presencia de un cuerpo en el agua. Una noche en que tú tardabas en volver, te fuimos a buscar por tu orilla. Nunca he pasado más miedo. Iba abrazada a Santiago, que no estaba menos aterrorizado que yo, pero que trataba de disimularlo para protegerme, y de pronto oímos el ruido de algo enorme que se hundía en el agua. Y enseguida la silueta de un enorme bulto que venía a nosotros flotando por el canal. Salimos de allí como cohetes, y yo perdí una de mis zapatillas. Nos dimos cuenta cuando estábamos en la fábrica. ¿Pero quién volvía a por ella? Y, sobre todo, ¿dónde estabas tú? Empezamos a llamarte llenos de desesperación. Te imaginábamos en las manos del hombre pez. Te había capturado en la orilla y en esos instantes te arrastraba a su reino de limo. Y, de pronto, apareciste. Traías mi zapatilla en la mano y venías riéndote como un descosido. Entonces vimos el tronco. Flotaba en el centro del canal, arrastrado por la corriente apacible, y nos dimos cuenta de que tanto el ruido de aquel cuerpo que se sumergía como su bulto viniendo a nosotros por el canal no habían sido sino una de tus bromas macabras. Creo que en ese mismo instante te habría podido matar. Recuerdo que me puse hecha una furia y que, para no tener que hacerlo, después de recoger mi zapatilla, me encaminé hacia el pueblo sin dirigirte la palabra. Vosotros vinisteis detrás. Y era Santiago el que me pedía que hiciéramos las paces. Pobre Santiago, nunca se enfadaba por nada. Era como si hubiera sido depositado en el mundo por una nave que venía de otro planeta, como sucedía en esas novelas de ciencia ficción que tanto le gustaban, y fuera de un lado a otro sin ni siquiera preguntarse por qué estaba allí ni lo que había venido a hacer. Como si todo se tratara de una broma, de una broma tan dulce como terrible. Yo creo que en el fondo de sí mismo nunca ha llegado a pensar que la vida esté hecha para ser comprendida.

—¿Lo está?

—Eso es puro oportunismo. Te recuerdo que el sabihondo eres tú.

12

—¿Se puede?

Santiago llamaba a la puerta y Juan abandonó precipitadamente su mundo de ensueños.

—Traigo noticias frescas. La conferencia ha sido un éxito. En vez de suspenderla se decidieron a leer tu texto y, según parece, cosechaste la ovación más larga del congreso.

Santiago hablaba en bromas, pero se le veía feliz y excitado de tenerle allí. Feliz de su regreso al pueblo y excitado por que tuviera que quedarse unos días en su casa, hasta restablecerse. También él añoraba el tiempo feliz de sus alianzas infantiles y, aunque no se atrevía a juzgar a Juan, no podía dejar de preguntarse, sobre todo desde la muerte de Aurora, si había sido justo al alejarse de ellos privándoles incluso de sus noticias.

—Tienes que tomar estas pastillas —le dijo, tendiéndole una caja de antibióticos—. Tres al día. El médico ha dicho que mañana volverá a pasarse por aquí.

Juan se sentó en la cama, pero enseguida tuvo que volver a acostarse porque se mareaba. Santiago percibió su nerviosismo.

—Siempre has vivido con prisas. Tres o cuatro días de reposo no te vendrán mal.

Se miraron por un momento. Los ojos de Santiago

expresaban un profundo dolor. Como si dijeran, da igual, ya todo da igual.

Juan volvió a pensar en Aurora. Pensó en todas aquellas historias de niños que habían venido al mundo en lugares equivocados, niños a los que las hadas depositaban por error lejos de sus verdaderos padres y que se veían obligados a vivir vidas que no les correspondían. Que no podrían cumplir nunca con la misión que tenían asignada. Aurora había sido uno de ellos.

—Espero que no me pase lo que a Hans Castorp, y tenga que permanecer en Rioseco los próximos siete años de mi vida.

Hans Castorp era el protagonista de *La montaña mágica*, la novela de Thomas Mann. Había ido de visita a un sanatorio para tuberculosos, con la intención de quedarse una semana, y no pudo abandonarlo hasta siete años después. Aquella novela había sido una de las preferidas de Santiago. Era él quien se la había hecho leer a Aurora, y desde entonces había sido uno de los temas recurrentes de su conversación.

—A lo mejor no te venía tan mal —le contestó Santiago, que, después de recoger de la mesilla la servilleta y el vaso vacío, se dirigió abatido a la puerta.

La mención de Hans Castorp le había revelado que Aurora también le había entregado a Juan aquel recuerdo. No había nada que les hubiera pertenecido sólo a los dos.

—Ah, por cierto —añadió, deteniéndose un momento, pues casi no podía respirar—. He estado con Eduardo. Le he dicho que quieres hablar con él.

Permanecieron un buen rato mirándose, sin decir ni hacer nada, sintiendo el correr inútil del tiempo como el de un río de arena.

Juan volvió a hablar.

—¿Te acuerdas de aquel viaje que hicimos en tren a Valladolid? Fuimos a casa de una señora que vendía combinaciones y platos de duralex y por la tarde los tres nos empeñamos en ir al cine.

—¿Por qué piensas ahora en eso?

—No lo sé.

Santiago se acordaba perfectamente. Es más, le bastó aquella mención para sentirse de nuevo junto a Juan y a Aurora bajo el fuerte haz de luz, con los ojos fijos en la pantalla, viendo cómo aquel pobre personajillo se volvía más y más irritable cuanto más disminuía de tamaño. Tuvo entonces el convencimiento de que nada podría separarlos nunca.

—Me pregunto —continuó Juan— por qué no me acuerdo de casi nada. Por qué aquel tiempo es para mí un inmenso vacío.

—Sólo se acuerdan los que se quedan.

—Háblame de Aurora.

—¿Qué quieres que te diga? Le costó sobreponerse a tu ausencia, pero lo consiguió. Era lista y voluntariosa, y la bastaba empeñarse en algo para salirse con la suya. También lo hizo esta vez. Fueron años grises, pero apacibles o, al menos, sin grandes sobresaltos. Supongo que ya habíamos tenido suficientes. Aurora siguió estudiando y al terminar el bachillerato decidió hacer la carrera de derecho. Entonces volviste a aparecer. Y fue como si no le extrañara, porque no había hecho sino prepararse para ese momento. El tiempo que entonces pasasteis juntos fue el más feliz de su vida. Había logrado escapar del pueblo y separarse de su hermano, y estaba estudiando en Valladolid. Y además apareces tú y os enamoráis. Recuerdo la tarde en que me lo contó. Estaba radiante y, nada más verme, se abrazó a mi pecho. Me dijo que era la mujer más feliz de la tierra y enseguida me contó atropelladamente vuestro encuentro casi milagroso en la Escuela de Arquitectura, después de diez años sin veros, y vuestras citas furtivas en Villa Julia. Quedamos en que me llamaría la próxima vez que fueras a Valladolid, para pasar juntos la tarde, como en los viejos tiempos, pero no llegué a recibir esa llamada. En apenas un mes todo se precipitó. Fue cuando te surgió la posibilidad de continuar tus estudios de arquitectura en Toronto y, como es lógico, no lo dudaste. La propia Aurora te animó a hacerlo, pues se daba cuenta de lo importante que podía ser para ti y para tu formación. Pero cuando vino a contármelo, se echó a llorar porque estaba convencida de que no volverías. Luego se murió su cuñada, Pepita Pizarro, y tuvo que venirse al pueblo para atender a su hermano y a su pequeño sobrino. Ya sabes cómo era. El parto había sido muy complicado y le provocó una importante lesión cerebral. Por entonces el niño debía de tener unos cuatro años, y seguía dependiendo de su madre hasta para comer. Eduardo le suplicó a Aurora que se quedara con ellos mientras encontraba una solución, y ella lo hizo. Ése fue su error, pues ya no saldría de allí. Eduardo no pisaba por casa, y se pasaba el día bebiendo y metido en todo tipo de pendencias, y ella se tenía que ocupar de aquel niño que sufría un retraso tan profundo que nunca llegaría a hablar, ni siquiera a sostenerse en pie.

—Yo no lo supe hasta mucho después. Al principio nos escribíamos todas las semanas, pero luego dejó de contestarme. Nunca me mencionó su regreso al pueblo, ni por supuesto que lo había abandonado todo para hacerse cargo del niño. Dejé de recibir sus cartas y al principio me extrañó, y sufrí por ello. Pero estaba demasiado ocupado. Me pasaba el día dibujando, preparando proyectos, y además conocí a una chica. Una chica canadiense con la que viví una de esas historias apacibles y claras que a veces nos depara el amor, sobre todo en nuestra juventud. De las que dejan a lo sumo, cuando se terminan, una vaga sensación de tristeza. Aurora desapareció de mi vida, y en el fondo lo agradecí. Trabajaba dieciséis horas al día, y al salir de la Escuela me reunía con aquella chica. Era como hundir las manos en el agua que corre. No, no quería volver con Aurora. Ella siempre pedía ser salvada, como todas las hijas del canal.

—Entonces empezaron tus éxitos. Acababas de terminar la carrera y ganaste aquel concurso internacional. Toda la prensa del país se hizo eco de ello. Hablaban de tu juventud y del brillante porvenir que te aguardaba. Fue Aurora quien leyó la noticia en el periódico. Fue a la ferretería y, después de enseñarme el recorte, me obligó a salir y estuvimos paseando del brazo. Estaba como loca. Parecía que el premio se lo habían dado a ella. No paraba de decir que eras un genio, y que terminarías por ser el arquitecto más famoso del mundo.

—¿Eso decía?

—Sí. Era como si estuviera hablando de una de aquellas películas que tanto nos gustaban: *El hombre que tenía rayos X en los ojos*, *Frankenstein*, *El testamento del doctor Cordelier*. Aquellas películas que hablaban de seres que se entregaban a extrañas y absorbentes investigaciones que llegaban a aislarles del mundo. Que hacían de sus sueños la única realidad de sus vidas.

—Sigue...

—Bueno, te llamaba el traidor. Decía que nos habías traicionado. Pero le bastaba con nombrarte para que los ojos se le llenaran de lágrimas. Siempre terminábamos hablando de ti. Recordábamos el tiempo que habíamos estado juntos, o hablábamos de tus éxitos profesionales. Aurora tenía un álbum con todos los recortes de periódico en que aparecías. Se enfadaba porque decía que las fotos no te hacían justicia y que eras mucho más guapo al natural. Sabía mucho de arquitectura. No sé dónde lo había aprendido. Pero miraba aquellos edificios y me los iba explicando como si fuera ella quien los hubiera concebido. «Mira», me decía, «tienes que fijarte en esto, ¿no te das cuenta? Juan no se parece a los otros arquitectos. Él no construye fachadas, ni contenedores o monumentos, sino lugares donde vivir».

—¿Lugares donde vivir?

—Sí, sí... No sé de dónde sacaría esa frase. Ya sabes, se

quedaba con todo. Tenía una memoria que era un magnetofón. Podía repetirte conversaciones enteras. Y luego estaba su obsesión por aquella historia que os contaba doña Manolita cuando ibais a llevarle los pedidos de la tienda. Creo que llegó a pensar que su vida reproducía la de la señorita Adela. Recuerdo sobre todo una tarde. Fue a buscarme a la ferretería y estuvimos paseando. Naturalmente, por el canal. Era una tarde muy hermosa. Todo estaba quieto, las nubes, las ramas de los árboles, hasta el agua misma del canal, como en un sortilegio. Oímos un vigoroso aleteo y vimos a un pato brotando de los juncos como un obús. Aurora me cogió del brazo sobresaltada. Es el espíritu de la señorita Adela, se me ocurrió decir. Aurora me miró con los ojos llenos de luz, y me acarició levemente la mejilla. Seguimos paseando. Aurora se apretaba muy fuerte contra mi hombro y de pronto empezó a frotarse la cara contra mi chaqueta, como si quisiera apartar de su pensamiento aquellas ideas que la torturaban. «Un día me encontraréis a mí», murmuró. Yo al principio no la entendí. «Sí», me aclaró, flotando en el canal, como le pasó a ella. Me di cuenta de que se refería a la señorita Adela, cuando la habían encontrado ahogada en la dársena, y que trataba de decirme que su final también podía ser ése. Me enfadé con ella. Le dije que el comentario me parecía morboso y que lo que tenía que hacer era irse del pueblo antes de que fuera demasiado tarde. Podía volver a matricularse en derecho y terminar la carrera, podía empezar su vida en otro lugar. «Este canal siniestro», le dije, «terminará por devorarnos a todos». Ella se soltó de mi mano, y se puso a caminar de espaldas, sin dejar de mirarme. «Tú no lo entiendes», me contestó con una sonrisa sin esperanza, no me puedo marchar. Supe que se refería a su pequeño sobrino, y a que no quería separarse de él. Recuerdo que, al decir esto, las lágrimas saltaron de sus ojos y corrieron por sus mejillas dejando un rastro de dolorosa luz. Nunca olvidaré el misterio de la transparencia de aquellas lágrimas. Surgían del dolor, del fondo oscuro de su alma, y, sin embargo, eran limpias y puras como el agua de los manantiales. Tuve la tentación de poner los labios en sus ojos para impedir que se derramaran. Pero me sobrepuse a su hechizo, y volví a suplicarle que se fuera de allí. El niño no tenía por qué ser un obstáculo. Había instituciones, colegios donde se hacían cargo de niños así, y era absurdo que quisiera cargar ella sola con la responsabilidad de atenderle. Nadie podía exigirle que gastara su vida en hacerse cargo de un niño que nunca llegaría a andar, ni por mucho que le cuidara diría jamás una sola palabra. Un niño que, además, no era su hijo. Entonces ella se detuvo y, cerrando los ojos, empezó a mover la cabeza de un lado para otro, como si no quisiera seguir escuchándome, como si ya no quisiera escuchar nada de lo que nadie pudiera decirle, ninguna palabra más acerca de sí misma ni de lo que le había tocado vivir, como si quisiera vivir para siempre en un mundo sin palabras. «No puedo, no puedo. Tú no conoces mi vida. Nadie la conoce. Soy como la señorita Adela. He estado con el hombre pez, vivo con un niño muerto.»

13

—No es verdad.

—¿Qué?

—Que sólo pidiera ser salvada.

Juan se dio cuenta de que Aurora había escuchado su conversación con Santiago y que salía en defensa de su honor.

Trató de justificarse.

—No me has entendido. Yo…

Ella le pidió que se callara.

—Chitón, chitón… Si no estoy enfadada, si estoy de acuerdo contigo. ¡Claro que era una chica agobiante! ¡Si hasta quería que menguaras para poder llevarte escondido en uno de mis bolsos! Sólo que no quería que me salvaras; no, eso no. Te habías ido, me llegaban desde Canadá aquellas cartas no demasiado entusiastas, y me di cuenta de que me estabas pidiendo que te devolviera la libertad. No era la primera vez que algo así sucedía en el mundo y, en general, lo acepté sin amargura. Me parecía lógico que lo hicieras, pues ¿qué podía ofrecerte yo? Claro, que también tenía mis malos momentos. Entonces me desesperaba, ansiaba que estuvieras a mi lado y te llamaba traidor. Y amaba aquellas paredes de adobe, nuestro viejo canal lleno de delirios y limo, porque me parecía más real que tu mundo de trazos exactos y maquetas perfectas. No, no son reproches. Mi vida se había hecho muy complicada. Mi cuñada acababa de morir y yo había vuelto al pueblo para cuidar a su niño mientras mi hermano Eduardo encontraba una solución para todos. Supe enseguida que no existía esa solución, y que me tendría que quedar. Recuerdo que, cuando fui a dejar mis cosas en el cuarto, me quedé mirando el rostro en el espejo. Bienvenida al país de nunca jamás, me dije. No me fue fácil acostumbrarme a vivir de nuevo en ese país, pues habías existido tú. Tampoco mi hermano me ayudó. No me importaba cuidar al niño, pero me sacaba de quicio que Eduardo se pasara días enteros sin volver a casa, y que a su regreso casi siempre estuviera borracho. Esos días no le dejaba entrar. Cerraba la puerta y le obligaba a dormir en el corral, mezclado con las gallinas y los patos. Recuerdo una de aquellas mañanas. Me levanté muy pronto y vi a todos los animales fuera de la cuadra. Supe que Eduardo había pasado allí la noche y fui en su busca. Eduardo estaba, en efecto, tumbado en la paja, junto a los pesebres de piedra. Me dio pena verle allí, tumbado como un animal más, y, agitándole por el hombro, logré despertarle y conducirle a su cuarto. Luego salí al corral. Me pareció que todos los animales me miraban y fui a la puerta de la calle y la abrí de par en par. Hale, les dije, idos antes de que despierte el jefe. Y, sacudiendo el mandil, les fui echando a todos. Cuando el patio quedó vacío, también yo me asomé a la puerta trasera. Una pata tomaba un poco aturdida una de las calles laterales, con sus polluelos brincando como pelotitas de goma, y en ese instante supe que, si no salía corriendo detrás, ya no podría hacerlo nunca. Pero me quedé. Fui a ver a Luisín, que estaba durmiendo en su cuna, y me puse a preparar el desayuno. El sol entraba por la ventana proyectando sobre el fogón un rectángulo blanco y yo ponía en él los platos y las tazas que fregaba, y la loza brillaba por la humedad, y me decía, tu sitio es el fondo de los pantanos. Me imaginaba que Rioseco era uno de esos lugares que desaparecían bajo las aguas de un nuevo pantano, y veía a los animales que acababa de soltar nadando por las calles inundadas, dejando atrás los tejados de las casas, las torres de las iglesias, hasta alcanzar la superficie del agua, donde cada uno tomaba su camino, mientras yo me quedaba en el corral, porque alguien tenía que quedarse en la ciudad sumergida. Bueno, me decía, se acabó el descanso. Iba a despertar a Luisín y le llevaba a la cocina en su silla, para darle de comer. Tenía cuatro años, pero era un niño enorme; si le cogía en brazos, casi no podía con él. Además me daba miedo hacerlo porque no sujetaba la cabeza, estaba desmadejado, y sus movimientos eran extraños e imprevisibles, de forma que tenía miedo de cogerle por temor a que se me fuera a caer. Y me ponía a darle toda aquella papilla, una fuente entera, porque no se saciaba nunca, mientras sentía sus ojos clavados en mí. Aquellos ojos líquidos, que tal vez hablaban de ese mundo distinto, ese mundo de coletazos y movimientos veloces, de esa vida en el fondo de los pantanos que en nada se parecía a la nuestra. ¿Se sabía lo que era esa vida? No, no se sabía, que estar en aquella cocina con Luisín era como haberse encontrado un gran pez y tenerlo sentado en una silla, sin saber muy bien lo que venía después. Pero también era dulce hacerlo, y que te mirara de aquella forma, mientras se engullía con mansedumbre todo cuanto le dabas, que había momentos que hasta me parecía que había hecho bien en quedarme. Pero luego me acordaba de nosotros, de nuestros besos furtivos en Villa Julia, y de todas nuestras locuras, y me parecía que también yo tenía que haberme marchado con las gallinas y los patos, y que no podría soportar por más tiempo la soledad y que terminaría por volverme loca. ¿No lo había estado la señorita Adela? ¿No estaba loco Eduardo? ¿No lo estaban Santiago y todos los que permanecían en las orillas del canal, esperando que el agua les trajera noticias de otras vidas, de otros mundos, de deseos distintos de los que no tenían ni idea? Y me acordaba de doña Manolita cuando nos decía que el canal había sido la maldición de aquel pueblo, porque le había llenado de sueños. Entonces te escribía cartas larguísimas, apasionadas, que nunca te llegaba a mandar. Me habría muerto de vergüenza si me hubieras visto con aquel mandil siempre mojado, y las manos desolladas por la lejía; fregando cazuelas y lavando calzoncillos y pañales. La gran abogada laboralista no era sino una pobre aldeana que sólo servía para dar de blanco de España los azulejos de la cocina y preparar coladas interminables. Entonces me ponía a hojear aquel libro que me habías regalado, *Las casas del siglo*. Y, según las iba mirando, me preguntaba cómo tenía que ser vivir en una de aquellas casas, sintiendo la amistad de las cosas. Cómo tenía que ser vivir en la Casa de la Cascada, en la Casa Farnsworth, en la Maison de Verre, en la Casa Douglas, o en la Casa de la Colina... Y, claro, no se trataba de que tuviera una de aquellas casas para mí sola, con sus bosques, sus colinas y sus espejos de agua, sino de que tú estuvieras conmigo, trabajando en tus nuevos proyectos, mientras yo me sumergía en mis libros de leyes preparando la defensa de mi próximo caso. Como ves, ninguna historia original. Nada que no deseen la mayoría de las mujeres, que se salga de los sueños comunes de todos los que se enamoran. Y luego me pasaba las noches llorando, y no entendía cómo no te dabas cuenta, ni hacías el mínimo gesto para saber dónde estaba y lo que era de mí. Y me quedaba mirando a un pájaro, y muerta de tristeza le decía, anda, ¿por qué no se lo dices tú? Y lo veía saltando de las ramas y ascendiendo decidido hacia el cielo en busca de las veloces corrientes de la altura, enfrentándose a las tempestades marinas, al aire lleno de electricidad de las tormentas, a la lluvia y a los vientos feroces, hasta alcanzar la costa de Canadá, y volar sobre los bosques infinitos para llegar a tu casa, en Toronto, y descender a tu ventana y golpear con el pico el cristal pidiéndote que abrieras porque tenía noticias que darte. Pero otras veces me rebelaba contra ti. No podía entender tu desinterés, tu divina indiferencia, y me volvía cruel con nuestros recuerdos. Entonces no buscaba que me salvaras, sino la condenación de los dos. Lograrlo era volver a tenerte, aunque fuera en el lugar del horror. Pensaba cosas terribles. Por ejemplo, en la señorita Adela cuando visitaba al marquesito en el caserío de Araujo. Doña Manolita nos había contado con todo lujo de detalles aquellos encuentros de tórrida atmósfera sexual, y yo volvía a revivirlos en mi pensamiento, sólo que haciéndonos a nosotros los protagonistas. Todo sucedía como en aquellos relatos. Tu espera en la galería, sentado en el sillón de orejas, mientras yo me encaminaba a tu encuentro por la orilla del río, azotando mi caballo hasta alcanzar la máxima velocidad, como si no pudiera demorar por más tiempo el deseo de dañarte. La tartana se detenía en la misma puerta y antes de bajar me ponía de pie y te saludaba, levantando mi mano hacia la galería. Llevaba uno de esos vestidos entallados, con escote, que visten las heroínas de las novelas románticas, y estaba tan excitada que, al bajar de un salto, apenas podía contener el deseo de gritar. Entonces me detenía junto al caballo. El caballo sudoroso, con los belfos llenos de espuma, que me miraba con aquellos ojos desaforados por el esfuerzo, como si también él fuera preso de la misma locura y me estuviera pidiendo que no le dejara solo. Acariciaba el hueso de su frente, el contorno duro de sus ojos, sus crines húmedas por el sudor, y le susurraba al oído que fuera paciente. Tú no puedes subir, le decía. Volaba a tu encuentro saltando los escalones de tres en tres, y al llegar arriba te encontraba sentado en tu sillón de orejas, pálido como un cadáver. La habitación olía a cerrado y a medicina, y yo abría decidida las ventanas. Luego me quedaba mirándote. No habías podido dormir en toda la noche y tenías bajo tus ojos dos surcos violetas. Me acercaba a ti y me ponía a acariciarte. Pobrecito, te decía, estás así por mi culpa. Pero tú apenas podías responder, pues el dolor no te dejaba en paz. Aun así, te hacía levantar y te obligaba a abrazarme por detrás. Lo hacías en medio de un gran sufrimiento y a mí aquello me excitaba, me excitaba tanto que tenía ganas de gritar. Me gustaba sentir que sufrías por mí, que sufrías hasta lo intolerable. Por eso demoraba todo lo que podía el instante de darte la morfina, porque luego te olvidabas de todo. De que yo estaba allí, de que me tenías que acariciar para que no me volviera loca.

Doña Manolita solía detenerse en los pormenores de aquella escena mucho más de lo que aconsejaba la edad de sus oyentes.

—Esto es un poco verde —les decía, mientras ellos veían el plato de pastas sobre la mesa sin atreverse a coger más—, pero qué culpa tengo yo si fue así como sucedió.

La señorita Adela se quitaba la capa que cubría sus hombros y se quedaba detenida ante el espejo que había en la pared, viendo cómo su pecho joven subía y bajaba por la agitación de su loca carrera. Tomás Araujo tenía que levantarse de su sillón de orejas y abrazarla por detrás. Luego le soltaba los broches del vestido. Ella no llevaba nada debajo y sentía la boca caliente de Tomás recorriendo su espalda y sus manos bajo la ropa. La señorita Adela no sólo sentía aquellas manos ahuecándose sobre sus pechos desnudos; también veía en el espejo todo lo que sucedía. Tenía que hacerle eso para que luego se aviniera a ponerle la morfina. Ése era el trato. Ella iba a verle cada mañana y hacía lo que le pedía, pero a cambio tenía que aguardarla despierto. Aguantar hasta lo intolerable si fuera preciso, porque sólo a ella le estaba permitido absolverle del dolor.

14

—Un día —continuó doña Manolita— Adela llegó a subir con el caballo. No el caballo de la tartana, sino un alazán que su prometido le había regalado el día en que cumplió diecisiete años. Desde ese día, cuando le visitaba, iba montada en él. El caserío de su prometido estaba a unos cuatro kilómetros de la fábrica y, a pesar de que había un camino que llevaba hasta allí, mi prima prefería cabalgar por la orilla del río. Era una zona fértil llena de árboles y de huertas. En la distancia se veían las construcciones circulares de los palomares y pequeñas manchas de manzanos y almendros. A un lado y a otro, como un mar de hierba, estaban los prados donde pastaban los toros. Un día se encontró con Monzó. Oyó el motor de su coche y le vio avanzar por el camino, levantando una nube de polvo. El camino discurría paralelo al río, y él se detuvo frente a uno de los puentes. Pero Adela hizo trotar a su caballo campo a través, dejando el puente a su espalda. A partir de ese día empezó a verle con frecuencia. Monzó se anunciaba tocando el claxon, y levantaba su mano para saludarla. Mi prima empezó a corresponder, aunque evitando detenerse. Pero un día se detuvo a su altura. Monzó la esperaba apoyado en el capó de su coche, llevando en su mano una botella. «Tengo cava», le dijo, mientras tendía sus brazos para ayudarla a bajar del caballo. Lo hizo como si fuera una pluma. A Adela le pareció que el cuerpo sudoroso de Monzó y el del caballo olían igual. Le llevaba veinticinco centímetros, y ella al apoyarse en sus hombros, percibió sus músculos tensos, como prestos a realizar una acción repentina. No sólo tenía champán, y bien frío, pues lo había traído en un recipiente con hielo, sino ostras que había comprado en la ciudad. Monzó le enseñó cómo se comían, y ella recibió la lección procurando sentirse útil. Según Monzó guardaban intacto el sabor del mar. Mi prima nunca había estado en el mar y Monzó le habló de su inmensidad, de su movimiento constante, de sus oscuros secretos. Cuando llegó a casa de Tomás estaba un poco bebida, pero no le dijo lo que había hecho, y a la tarde siguiente el encuentro se repitió. Ella iba por el camino y Monzó la esperaba aparcado en la cuneta. Cuando levantó su mano para saludarla, ella correspondió con una tímida sonrisa. Estaba avergonzada de su comportamiento del día anterior, cuando había aceptado las ostras y el cava catalán, y en el último momento decidió pasar de largo. Monzó la siguió un trecho con el coche. La extraña escena se repitió varios días. Ella montada a caballo y él siguiéndola a una cierta distancia, para que el caballo no se asustara con el ruido del motor. Al llegar a la desviación del caserío, Monzó tocaba el claxon para despedirse y mi prima continuaba su marcha sin volver la cabeza. Sabía que si cedía no podría hacer nada para oponerse a su voluntad. Pero, aun así, un día volvió a ceder a la tentación. Mandó detenerse a su caballo y se quedó allí, sin hacer nada, sin volverse, sabiendo que Monzó no tardaría en acudir. Y, en efecto, percibió cómo su coche se detenía, y cesaba el ruido de su motor. Entonces cerró los ojos para concentrarse mejor en lo que iba a pasar. Sintió el ruido de la puerta y el de los pasos de Monzó en el camino. Luego, el contacto de sus manos en su cintura. Se sintió levantada del caballo y depositada en el suelo. El ingeniero actuaba como si ella fuera una niña que en todo dependiera de sus cuidados. Ni siquiera entonces mi primita abrió los ojos. Su cuerpo había quedado aprisionado entre el caballo y Monzó, y éste se inclinó y estuvo oliendo sus cabellos, sus mejillas y, finalmente, sus hombros y cuello. Luego se detuvo en su boca, que llegó a rozar con sus labios. Eso fue todo. Ella deseaba que siguiera, pero Monzó volvió a cogerla del talle y a ponerla sobre el caballo sin decir nada, como habría hecho con un pez que, después de sentir palpitar entre sus manos, devolviera al curso del río. Luego arreó al caballo, que cogió un trotecito lento en dirección al caserío. Esa noche, al desnudarse, Adela descubriría sobre su piel los moratones que involuntariamente le habían hecho las manos de Monzó al presionar sobre su talle. Mi prima pensó en ese instante y, al borde de las lágrimas, en lo que había sucedido después, al llegar al caserío. El caballo sudaba mucho pues era un día de calor y, después de su encuentro con Monzó, había venido a todo galope. Sus ojos redondos parecieron mirarla con infinita comprensión, y era como si lo supiera todo de ella, lo que había pasado esa tarde y lo que guardaba en lo más hondo de sus pensamientos. Como si conociera esos pensamientos y la animara a encontrar una puerta, la puerta que debía conducirla de nuevo con los demás. Y, en un gesto espontáneo, mi prima le abrazó la cabeza. «¿Qué va a ser de nosotros?», le susurró conteniendo con dificultad el deseo de echarse a llorar. En ese instante se presentó el mozo dispuesto a llevarse al caballo al establo, y a ella le molestó. ¿Cómo se atrevía a interrumpirles?, ¿qué sabía él de sus verdaderos deseos? ¿Qué sabía su propio padre, que se obstinaba en aquella boda absurda?, ¿qué el propio Tomás, aceptando algo que sólo podía ser un desastre? No, ninguno de ellos sabía nada. Ninguno era mejor que su caballo, que los toros que se encontraban cada tarde en los prados, o que los pájaros que sobrevolaban incansables el río, cambiando el alimento que recibían en gracia y luz. Ofrecida al universo entero por la fuerza de su pasión, mi prima sentía la cálida proximidad de todos aquellos animales como la de ese niño que uno acaricia antes de dormir y que resume el mundo. No, no se podía vivir de lo que estaba almacenado en ti, como en una despensa, sino de lo que tenías que transformar. El encuentro con Monzó le había enseñado a mi prima que el verdadero placer no estaba en la lluvia que pasa sino en la que tenías que vencer, no en comer la fruta sino en formarla. Era eso lo que Tomás, por su condición de rico heredero, no entendería nunca. Expuesta al torbellino de su lucha, mi prima buscaba los únicos asideros que en esos momentos podían ayudarle a sostenerse en pie, el hueso frontal de su caballo, la piel y las crines que había que cepillar, la paja que llenaría su pesebre. Por eso reaccionó ante la irrupción del mozo como si lo que estuviera en juego fuera su propio ser. «El caballo se queda conmigo», le dijo. Y, después de quitarle ella misma la silla de montar», lo cogió de las bridas y lo metió en la casa. «Hemos venido a verte», le dijo a Tomás, que se había incorporado al sentir el ruido de los cascos sobre la tarima. Tomás aceptó complacido, tras la confusión inicial, la presencia del caballo y mandó que le subieran alfalfa y un balde de agua. Al fin y al cabo era él quien se lo había regalado a su prometida y aquella intimidad le halagaba por creer que los englobaba a los tres. Pero enseguida comprendió que no era así. Mi prima no abrió la boca en todo el tiempo, y Tomás supo que estaba sufriendo y que, por mucho que se empeñara, jamás le confesaría la verdadera razón de que hubiera subido el caballo. Y la amó con más fuerza por eso. En realidad, y desde aquel accidente temprano que había marcado fatalmente su vida, Tomás siempre había amado a quienes sabían resistir, a cuantos se mantenían con los labios pegados en los suplicios, a cuantos eran capaces de resistir a los suplicios y al amor. Y mi prima permaneció en aquella sala, junto al caballo, como si la casa entera estuviera ardiendo y a ella no le importara quemarse con las cortinas, la tarima y los muebles, porque aquello que amaba estaba en otra parte.

Y todo alrededor de Tomás Araujo se hizo eterno por la fuerza de aquella obstinación, eternos los árboles mecidos por el viento, eterna la luz de los ojos de su prometida, eterno el silencio del caballo, eterna la frescura de la tarde.

15

—Dime qué hacía…

—Eras muy atrevida y reconozco que me desconcertabas y no sabía cómo comportarme. Sobre todo, cuando don Nazario estaba presente.

—Me excitaba esa proximidad.

—¡Si estaba ciego!

—Pero se enteraba de todo. Era más listo que nosotros.

—No es verdad.

—¡Claro que lo es! Si hasta me dijo que lo sabía.

—¿Que sabía qué?

—Que le ibas a visitar para estar conmigo y que, aprovechándonos de su ceguera, no dejábamos las manos quietas mientras yo servía las pastas y el café con leche.

—Estábamos completamente locos.

—También sabía lo de la puerta, que la abríamos y cerrábamos para hacerle creer que te habías marchado y que lo que hacía era subirte a mi cuarto. No creo que lo supiera desde el principio, pero empezó pronto a sospechar. No hacía falta ser un lince. Porque, vamos a ver, ¿qué sentido podía tener que un chico joven como tú viajara cada fin de semana a aquella ciudad para irle a visitar a él, que era un viejo amigo de su abuelo, al que apenas conocía y con el que no tenía casi nada en común? Además, éramos bastante exagerados. Que al principio sólo eran roces, algún beso que otro, alguna caricia atrevida, pero que cada vez iban a más, se hacían más desatinadas y locas, hasta que todo concluyó en aquella tarde gloriosa en que tiramos el café. Ya ves, a la recatada Aurora le habían bastado unas cuantas sesiones de perversidad, para transformarse en tus brazos en la chica más lasciva de todo el canal.

—Era la influencia de la señorita Adela.

—Sí, es verdad, me obsesionaba su recuerdo. La señorita Adela era uno de esos seres cuya naturaleza es anhelar, y mi corazón entonces estaba lleno de locos anhelos. Ambas queríamos que nuestros sueños se cumplieran, y no era raro que, a pesar de todo lo que nos separaba, termináramos encontrándonos en Villa Julia.

Aurora hizo una pausa. La habitación estaba en penumbra y a su alrededor reinaba el silencio, con tanta suavidad como la nieve. Juan cerró los ojos para sentirla más cerca.

—Fue ella —continuó Aurora— la que me dio la idea de que te subiera a mi cuarto. Lo recuerdo como si acabara de suceder. Llamaste desde la estación para decirme que en media hora estarías en Villa Julia, y yo subí a mi cuarto a peinarme y pintarme un poco los labios. Entonces fue como si la señorita Adela estuviera allí, viendo cómo me arreglaba. Permanecía sentada en la cama, casi desnuda, con el pelo lleno de rizos derramándose sobre sus hombros perfectos, sólo cruzados por las cintas de raso de su corpiño. Luego sonó el timbre de la puerta, y fue como si ella me dijera que fuera corriendo a abrirte. También que aprovechara para besarte, que lo hiciera con todas mis fuerzas, sin separar mis labios de los tuyos, como si sólo por hacerlo un instante te pudieras morir. Recuerdo lo calientes que tenías los labios, y cómo me sonreíste cuando descansamos un poco, como si yo no fuera enteramente real, sino alguien que venía de otro mundo, que no viviera en aquella casa, sino que hubiera irrumpido en ella a través de la pared al descubrirte en la puerta. Como si fuera una chica a la que no hubieras visto nunca. Pero don Nazario estaba allí para devolvernos a la realidad. Empezó a preguntar a gritos desde el salón que quién había llamado, y tuvimos que dejar de besarnos. «Es el señorito Juan», le contesté aún con mis labios pegados a los tuyos. Entonces me separé de ti. Recuerdo que tenías la boca y la barbilla llena de saliva, pues te había estado chupando por todos los lados, y que, antes de dejarte entrar en el salón, te estuve limpiando con el mandil. Luego, en la cocina, volví a tener la impresión de que la señorita Adela estaba conmigo en la casa, y que me iba diciendo lo que tenía que hacer. Hizo que me soltara el pelo, que llevaba recogido en un moño, que me desabrochara parte del uniforme y que me pellizcara un poco las mejillas para colorearlas. Y luego, poniendo sus labios sobre los míos, me dijo con una sonrisa: «Vete, hazle sufrir, los hombres no merecen otra cosa». Claro que yo no quería hacerte daño. O no demasiado, al menos. Y, según me dirigía al salón con la bandeja, iba pensando en el dibujo que Monzó había hecho a la señorita cuando había posado para él en el aljibe de la señora María Paz. Vivir es estar loca, parecía decir su rostro purísimo, ofrecido a la luz y a los rayos del sol. Y algo así debí de parecerte yo, a juzgar por la cara que se te puso al verme aparecer desmelenada, y enseñando al andar parte de mis piernas. Tenías que haberte visto. Una cara de puro pánico. Creo que si hubiera estado abierta la ventana, te habrías tirado por ella. Aunque enseguida se te fuera pasando, al comprobar que don Nazario permanecía inmutable, pues nada había percibido, y enseguida estuvieras lanzando tus tentáculos hacia mí que, por otra parte, no huía, no quería escapar, sino que ese mundo de tentáculos y delicadas secreciones se hiciera aún más decidido y fatal. ¡Y vaya si se hizo! Aunque entonces sucediera lo de la cafetera y la danza nupcial se tuviera que cortar abruptamente entre los aspavientos de don Nazario, al que tuve que llevar a su cuarto para que se cambiara de arriba abajo, pues el café había ido a parar casi en su totalidad sobre sus pantalones y sus calzoncillos. Fue esa tarde la primera vez que te subí a mi cuarto de Villa Julia. Recuerdo que, mientras don Nazario terminaba de cambiarse, fui a tu encuentro, y después de abrazarte de nuevo, te susurré al oído que tenía un plan. Don Nazario vino poco después y yo le dije que te ibas. Os despedisteis en el salón, pero al llegar a la puerta de la calle tiré de ti para que te detuvieras. Hasta mañana, señorito Juan, clamé bien alto para que don Nazario me pudiera oír. Y abrí la puerta, que cerré de nuevo unos segundos después, sólo que dejándote a ti en el interior de la casa. Volví a besarte y puse luego mi dedo sobre tus labios brillantes de saliva pidiéndote que guardaras silencio. Fui al salón y terminé de recoger la mesa. «Don Nazario», le dije, «me voy arriba a estudiar. Aquí tiene el timbre por si me necesita». Don Nazario siempre tenía a su alcance un timbre, que hacía sonar cuando quería algo. Y al llegar al hall con la bandeja pasé de largo como si me hubiera olvidado de ti. Aunque, claro, te mirara de reojo y me pareciera que no pertenecías a ese mundo, sino a otro donde no había nada de servil ni de ordinario, donde los hombres pensaban, sufrían y amaban con nobleza. Y no te moviste hasta que regresé de la cocina, ya con las manos vacías. Estabas más pálido que la cera, y cuando me apoyé sobre tu pecho, sentí enseguida los latidos atropellados de tu corazón, pues tenías un susto de muerte. Creo que nunca me pareciste más guapo, ni más indefenso, como si se hubieran invertido los papeles y la novia fueses tú. Aunque poco durara aquella inversión, que enseguida estábamos en la cama y me tenías apresada bajo tu cuerpo. En esa época hacías mucho deporte, y yo estuve siguiendo con el dedo tus músculos, que se dibujaban rotundos y tensos bajo tu piel. Pero no habíamos preparado aquello y no tenías nada que ponerte. «¿Qué hago?», me preguntaste. Yo me encogí de hombros, como diciendo lo que tú quieras está bien. Aunque después de un rato, como siguieras con tus dudas, decidiera tomar una posición más activa. Anda, ven, te dije casi sin voz, seguro que no pasa nada. No necesité animarte más y todo resultó perfecto. Yo perdí la razón y me puse sin querer a gritar y tú te detenías asustado, y me tapabas la boca, por temor a que don Nazario nos pudiera descubrir. Luego nos vestimos y buscamos la puerta de la calle, como los ladrones. «Don Nazario», le grité desde las escaleras loca de felicidad, «me voy a dar una vuelta». Luego, te entró aquella preocupación. Habíamos sido unos imprudentes, repetías una y otra vez y podía haberme quedado embarazada. Y recuerdo que empezaste a preguntarme que cuándo había tenido mi última regla, y qué día había terminado, si era regular o no... Y a mí me hacía gracia que estuvieras tan nervioso y que quisieras enterarte de todas aquellas cosas, que, bien mirado, eran una verdadera lata y maldito el misterio que tenían. Pero también me acordé de aquella frase de doña Manolita acerca del tiempo. Y me dio por pensar que en aquellos asuntos del amor las cosas no sucedían de la misma forma para los hombres y las mujeres. Según doña Manolita, para nosotras, las mujeres, el tiempo era un espigador atando su gavilla, y para vosotros, los hombres, un reloj que consumía su arena.

—¿Y don Nazario?

—Al principio, bien. Pero luego, supongo que cuando empezó a confirmar sus sospechas, se puso lujurioso como los monos. Incluso trataba de propasarse, a todas las horas, en todos los lugares que pillaba. Yo tuve que armarme con una cuchara de madera, y cuando lo intentaba le daba en la mano. Y no te creas que golpes suaves, que muchas veces hasta me daba pena lo que le debían de doler. «Anda, sólo un poco», me decía, y yo, ¡zas!, le arreaba con la cuchara. Y él se ponía a llorar como un niño. Berreaba y todo, no te creas, que a mí me llenaba de congoja verle así y siempre terminaba consolándole. Bueno, ya está, le decía ofreciéndole un pañuelo para que se sonara los mocos, que le perdono. Y él me cogía la mano y todo era perfecto..., hasta que de la mano pasaba al brazo y, cuando me descuidaba, ya me había echado mano a uno de los pechos. «Pues con él bien que te dejas», insistía refunfuñando cuando le volvía a dar. Yo le contestaba que no sabía de qué me estaba hablando, y que además yo podía dejarme tocar por el que se me antojara, que para eso era dueña de mí misma. ¿Y sabes lo que me decía él? «Nadie es dueño de sí mismo, todos somos unos mandados.» Ya, le contestaba yo riéndome, y lo de meter mano, ¿también es por obedecer? «También», decía convencido él. Y luego, en mi cuarto, me daba por pensar y me parecía que don Nazario no andaba tan descaminado. Y que ninguno de nosotros era dueño de sí mismo. Al menos, cuando amábamos a alguien. Que era lo que me pasaba a mí contigo, que estaba loquita de amor, y habría hecho todo lo que me pidieras, hasta salir a los tejados, como había hecho la señorita Adela, en busca de lo que me quisieras mandar, huevos de paloma, pinzas de la ropa, periódicos viejos. Pero, claro, no podía dar la razón a don Nazario, porque no me gustaba que me tocara, que tocara una piel que reservaba entera para ti. Le arreaba con la cuchara, y cuando recuperaba la razón le echaba la bronca. Le decía que parecía mentira que un señor tan formal como él anduviera siempre con aquellas chiquilladas, y que, si seguía así, se lo iba a decir a la señora. «No, eso no», me contestaba tartamudeando. No sabes cómo es. Le tenía pánico. Bueno, pues aprenda a comportarse. Me decía que sí, pero a las pocas horas ya había olvidado sus buenos propósitos. Sobre todo después de venir tú. Cuando te ibas, volaba a la cocina y me pedía que se lo contara todo, lo que habíamos estado haciendo y por dónde me habías tocado.

—Y tú, ¿qué hacías?

—¿Qué iba a hacer? Decirle que era un viejo degenerado y, como siguiera así, me iba a marchar de su casa. Le echaba unas broncas tremendas, y se iba lloriqueando por el pasillo. Entonces me daba pena. Pena porque él era viejo, su piel áspera y arrugada, sus manos estaban retorcidas como los sarmientos, y olía a meado y a ropa sucia; mientras que yo era joven y guapa, estaba llena de vida, y, sobre todo, te tenía a ti, que me mirabas como al más apetecible de los bocados. Y era como si un mendigo hubiera llamado a las puertas de un palacio y le hubieran echado con cajas destempladas sin ni siquiera darle las migajas del banquete. Don Nazario era el pobre Lázaro; y nosotros, el rico Epulón. Entonces te fuiste a Canadá, y todo cambió por completo. Ya no había banquetes aguardándome, ni eran para mí las estancias iluminadas, ni las escaleras llenas de alfombras, sino los establos y las puertas cerradas. Una mendiga persiguiendo una gota de agua que nadie quería poner en sus labios. Y, entonces, don Nazario me pareció más cercano, puesto que tampoco él era nada, y tenía que conformarse con lo que los demás no querían. Don Nazario me preguntaba por ti, y yo le decía que te habías ido al extranjero a perfeccionar tus estudios. Además, hemos roto, le decía. Tenía el convencimiento de que no volverías nunca, y sólo me bastaba con volver a leer aquellas cartas tan sosas que me mandabas desde tu nuevo reino para darme cuenta de que no pensabas regresar. Y entonces empezó a pasarme una cosa, que cada vez me veía con menos fuerzas para negarme. Don Nazario volvía a la carga y yo ya no le pegaba con la cuchara, aunque no me gustara que me tocara, pero no me mostraba igual de contundente, porque era como si mi cuerpo fuera un huerto, un huerto cargado de frutas que nadie venía a recoger. Y don Nazario, un ladrón que se aprovechaba. Entraba a escondidas y se llevaba unas peras, unos albérchigos, unas pocas manzanas... ¿Qué podía importar que lo hiciera si todo se estaba perdiendo? Y me preguntaba por dónde andarías, si era tan importante aquello que hacías en Canadá para demorar tanto tu regreso... Por qué aquel hortelano tan guapo no venía de una vez, y cómo no podía darse cuenta de que tenía que recolectar aquellas frutas y llevarlas a vender al mercado. Unas frutas que en su ausencia picaban los pájaros, rodaban por el suelo, donde se llenaban de gusanos, o eran pasto de los ladrones. Y sólo don Nazario no me fallaba. Doña Sofía apenas paraba en casa, y yo me pasaba las tardes con él. Se aburría y venía conmigo a la cocina. Y entonces pasó algo maravilloso, que dejó de meterse conmigo. Supongo que percibía, de esa forma que sólo los ciegos pueden hacerlo, mi tristeza, y que le daba pena. Entonces se transformó en mi caballero andante. Venía a la cocina a hacerme compañía, me daba propinas para que saliera a divertirme, o me hacía leerle libros. Shakespeare era su verdadero amor, y lo leíamos sin parar. Entre los españoles, su preferido era *La Celestina*. Me acuerdo sobre todo del lamento final de Pleberio quejándose, al descubrir la muerte de su hija, del engañoso amor. «Oh, amor, amor», gritaba el anciano. «¿Quién te dio tanto poder? ¿Quién te puso nombre que no te conviene? Si amor fueses, amarías a tus sirvientes; si los amases, no les darías pena.» El amor en aquella obra era una fuerza caótica, irracional, fuente de sufrimiento y locura. «Enemigo de toda razón..., ¿por qué te riges sin orden ni concierto?» Fíjate, todavía me lo sé de memoria. Y me parecía que, ahora que te habías ido, yo también estaba condenada a vagar eternamente por aquel laberinto de errores, aquel prado lleno de serpientes, aquel huerto florido y sin fruto, aquel río de lágrimas en que el mundo se había transformado para mí. Y todo resultó aún peor de lo que podía imaginar, pues uno de esos días me llegó la noticia de la muerte de Pepita Pizarro, mi cuñada. Fui al pueblo, a su entierro, y me encontré con el infierno. Mi hermano, borracho a todas las horas, y aquel niño enorme, que a pesar de tener cuatro años apenas sostenía la cabeza, gritando con la fuerza de los novillos, que hasta asustaba a los perros y a los animales de los corrales vecinos. Mi hermano me pidió que me quedara unos días con él, mientras encontraba una solución, y yo acepté su propuesta, aun sabiendo que esa solución no existía y que, si me quedaba, ya no saldría de aquella casa. Regresé a Villa Julia a recoger mi equipaje y a despedirme de doña Sofía y don Nazario. Doña Sofía no estaba y yo subí a mi cuarto a hacer la maleta. Al bajar, hallé a don Nazario esperándome junto a la puerta. «No te marches», me dijo, «ahora me estaba portando bien». Llena de ternura, me acerqué a él y, tomando su mano, la puse sobre mi pecho. Es por todos los palos que le he dado, murmuré al tiempo que me acurrucaba en sus brazos. Pero don Nazario enseguida retiró la mano de mi pecho y se demoró largo rato recorriendo mi cara con las yemas de sus dedos, como si estuviera memorizando sus rasgos. Él, que nunca los pudo ver. Y me dijo la cosa más bonita que me han dicho jamás: «daría todo lo que tengo por saber cómo eres».

16

Doña Manolita había mandado a Aurora a la cocina a por un bizcocho y había elegido el cuchillo que le parecía más apto para cortar. Un cuchillo delgado, de cortar carne, con mango de marfil. Doña Manolita admiraba ese objeto que había heredado de sus padres y que puso con delicadeza sobre la mesa.

—¿Queréis un trozo de este maravilloso bizcocho? —les preguntó con voz melosa.

Ni Juan ni Aurora se atrevieron a contestar.

—Hacéis mal, yo tengo un hambre feroz.

La ventana daba a la calle y doña Manolita se detenía cada poco y se quedaba mirando afuera cuando algo llamaba su atención. Juan y Aurora estaban sentados enfrente y la escuchaban sin parpadear. La diferencia de tamaño hacía pensar en dos ratones enfrentados a una gata enorme.

—¿Sabéis por qué los amantes cierran los ojos cuando se abrazan? —continuó doña Manolita—. Porque piensan que hay otra vida, una vida que nada tiene que ver con lo que fueron antes de conocerse y que sólo a escondidas puede entregarles sus secretos. Y eso empezó a pasarle a mi prima, que empezó a tener esas dos vidas tan distintas, la que llevaba ante sus familiares y conocidos, y que era su vida de señorita casadera, y la que descubría cuando se encontraba en el río con el ingeniero catalán. Dos ladrones robándose el uno al otro, un baile de máscaras, eso era el amor. Recuerdo que una tarde se puso a hablarme atropelladamente de todo lo que sentía, pero que enseguida se calló. Creo que se daba cuenta de que de esa vida en los tejados no se podía hablar. Había en ella algo demasiado leve, demasiado frágil, que podía morirse tan pronto se sacara a la luz. Por eso mi prima había subido el caballo a la casa de Tomás Araujo, porque tenía miedo a que éste la mirara a los ojos y empezara a hacerle preguntas. Subió el caballo para protegerse de esas preguntas. Pero después de esa tarde dejó de ver a Monzó, que era como si se le hubiese tragado la tierra. Se enteró de que estaba de viaje. Hubo un problema con la maquinaria que estaba montando en la fábrica de tejidos, unas piezas llegaron de Suiza en malas condiciones, y Monzó tuvo que ir a Madrid para resolverlo. Una tarde, por fin, vio su coche y supo que había regresado. Ella iba a caballo, en dirección al caserío de Araujo, para encontrarse con Tomás, y vio el coche detenido en el borde del camino. Estaba a la sombra de un grupo de chopos e imaginó a Monzó tumbado en uno de los asientos. Su corazón se puso a latir atropelladamente según se acercaba, pero Monzó no estaba en el coche. Sólo cuando lo hubo dejado atrás le pareció reparar en un cordón azul, y mandó detenerse a su caballo. Volvió la cabeza y, en efecto, el cordón estaba atado a una de las puertas del coche, y se perdía entre los árboles, trazando un camino que parecía dibujado en el aire. Supo que Monzó le estaba pidiendo que siguiera ese camino, pero ella, a pesar de que nada deseaba más en el mundo, espoleó a su caballo y pasó de largo. Al día siguiente tanto el coche como el cordón volvían a estar allí, y esta vez se detuvo. El cordón se alejaba enlazando los troncos de los chopos, y se perdía por encima de una tapia de adobe. Era una pequeña huerta, con un palomar en el centro. Mi prima siguió el cordón hasta la tapia, que por esa parte era demasiado alta e impedía mirar por encima. Buscó la puerta, que estaba cerrada. «Es una trampa», pensó. Pero, aun así, siguió su camino, como si fuera arrebatada por una fuerza, la fuerza que arrastraba las hojas y las ramas en los remolinos, la fuerza que hacía correr por las pendientes a los objetos redondos. Escaló por unas piedras y consiguió asomar la cabeza. El cordón volaba hasta la copa de uno de los árboles. No se lo pensó dos veces y saltó decidida la tapia. Sabía que Monzó estaba escondido en algún lugar de la huerta, y que cada paso que daba haría más difícil su retirada, pero no se podía detener. Era como esos animales que en los bosques se aproximan a los cepos de los cazadores. Saben que algo raro sucede, pues notan en el espacio que les rodea las fracturas de una presencia inusual, pero a pesar de todo continúan avanzando llenos de felicidad. Ése era el problema, la felicidad prometida. Los rostros felices eran el territorio de caza del amor. Y ella se acercó a aquel árbol, que era un almendro, consciente de que el mismo gesto que le prometía la dicha la exponía al mayor de los peligros. ¡Y qué si era así, se decía mientras avanzaba hacia el árbol, si por alcanzar ese alimento desconocido caía en el cepo cruel! ¿No eran crueles todos los que amaban, no lo era el mismo amor, que siempre exigía la esclavitud y la posesión de los otros? El cordón se perdía entre las ramas del almendro, y a mi prima le bastó con acercarse para ver atado a su extremo un pequeño paquete. Tenía que subirse al árbol para alcanzarlo, pero no le dio tiempo a hacerlo, pues oyó un ruido y corrió a esconderse tras el palomar. Sintió pasos, y cómo alguien empezaba a llamar y a jalear a las palomas. Comprendió que era el encargado de llevarles el grano. Ellas lo reconocían al instante y acudían de todas las partes, formando un gran alboroto. Adela aprovechó para escapar. La tapia, por ese lado, era más baja y la saltó sin esfuerzo. Luego corrió en dirección al caballo. El coche de Monzó continuaba en el camino, pero él seguía sin aparecer. Adela montó en su caballo y escapó en dirección al caserío de Araujo. Tomás la estaba esperando, pero esa tarde ella se mostró reservada y ausente. Pensaba en aquel cordón azul y en el pequeño paquete que estaba aguardándole en una de las ramas del árbol, y se preguntaba por lo que podía contener y por el significado verdadero de toda la escena. ¿Estaba Monzó en la huerta? ¿La había visto saltar la tapia y seguir el cordón hasta el árbol? ¿Qué quería decirle al actuar así?, ¿tal vez que también ellos estaban atados por un cordón igual, y que por mucho que se empeñaran en lo contrario tenían que terminar encontrándose? Pero las respuestas a todas estas preguntas escapaban de ella como esquivas aves nocturnas. Entonces se quedaba sola con Tomás, aunque no pudiera prestarle demasiada atención porque seguía pendiente de la dicha que creía haber perdido en aquella huerta, una dicha tan ajena a las palabras de Tomás y a su torturado mundo como los juegos silenciosos de los animales pequeños en los claros del bosque. Y hubo un tercer día. Mi prima volvió a pasar por aquel camino, y todo volvió a repetirse, aunque esta vez el cordón no desapareciera en el almendro sino en el palomar. La puerta estaba abierta y mi prima continuó el rastro del cordón por su interior. Estaba formado por tres pasillos concéntricos en cuyas paredes de adobe tenía excavados los nichos de las palomas. En su centro, había una construcción cilíndrica que moría por encima del tejado, formando una torre circular llena de ventanas laterales. Era por allí por donde entraban y salían las palomas. La atmósfera era asfixiante, y sentía el olor a excremento y el calor palpitante de los cuerpos de las palomas ocupadas en incubar sus huevos y en alimentar y proteger a sus crías. El cordón moría en uno de los nidos más altos del segundo círculo, y Adela ascendió decidida hasta él. Lo había hecho otras veces. Las paredes estaban relativamente cerca, y bastaba ir poniendo los pies y las manos en los nichos y ascender por ellos como por una escalera excavada en la tierra. Cogió el paquete y lo abrió. Era una bola de cristal. Estaba llena de líquido y en su centro se erguía la estatua de la Libertad. La agitó con fuerza y se puso a nevar. Aquella nieve se confundía con el plumón de las palomas. Bajó lentamente y, siguiendo el cordón, empezó a desandar el camino. Pero alguien había cerrado la puerta. La llave estaba en la cerradura y a mi prima le habría bastado con girarla para escapar, pero no lo hizo. Sabía que Monzó estaba allí dentro, escondido en algún rincón del palomar. La luz estallaba contra las paredes de adobe, y hacía que las filas de nichos parecieran pequeñas huras de animales. «¿Hay alguien ahí?», preguntó. Llamaba a Monzó y seguía avanzando por el pasillo circular, sofocada por el intenso calor y la presencia palpitante de las palomas. De pronto, a su espalda, sintió pasos y se volvió con rapidez, pero no había nadie. Estaba temblando, porque ¿y si no era Monzó el que estaba con ella? Pensó que no podría escaparse, y que, aunque pidiera ayuda, nadie la oiría gritar. Pero se acordó de la llave y se tranquilizó. No, se dijo, no la habría dejado en la puerta. Volvió a escuchar aquellos pasos, y esta vez fingió no oírlos. Incluso llegó a detenerse, embriagada de felicidad. Había cerrado los ojos y percibía los pasos cada vez más cerca, hasta que algo rozó su vestido. Y siguió sin volverse. Sintió una respiración y enseguida cómo el cuerpo de un hombre se pegaba a su espalda y empezaba a acariciar y oler sus cabellos. Ella había cerrado los ojos y casi no le extrañó que su raptor se los vendara con un pañuelo. Entonces la hizo avanzar a tientas por los estrechos pasillos, hasta que la mandó detenerse. Adela supo que estaban en el centro del palomar, porque sentía el aire en su rostro y escuchaba el aleteo de las palomas. Sintió cómo aquellas manos masculinas abrazaban su cintura y subían luego por su talle hasta alcanzar sus axilas y el nacimiento de su pecho. Y todo lo que él empezó a pedirle mi prima lo hizo sin rechistar. Darse la vuelta, inclinar hacia atrás la cabeza, poner los brazos alrededor de su cuello, como si se hubiera transformado en su esclava. Entonces se besaron por primera vez. Monzó estaba empapado, y Adela sintió en sus manos y su pecho la humedad inaudita de su ropa, como si hubiera estado nadando vestido en el río y hubiera corrido a ella sin tiempo para cambiarse. Luego se separaron despacio, manteniendo las yemas de sus dedos eternamente unidas. Mi prima permaneció inmóvil unos minutos, con todos sus sentidos atentos a que ese contacto se renovara, pero lo que oyó fue el ruido de la puerta. Se arrancó el pañuelo de sus ojos. El palomar estaba vacío y su puerta, abierta. Saltaba de nuevo la tapia cuando escuchó el ruido del motor. Corrió en esa dirección pero, al llegar, el caballo estaba solo. Todo le parecía soñado, pero reparó en su vestido, y en que también ella lo tenía empapado. Había sido Monzó, al abrazarla. Aún tenía en la mano la bola de cristal. La agitó llena de felicidad, y la nieve volvió a confundirse en su pensamiento con el plumón de las palomas.

Doña Manolita había vuelto a cortar un trozo de bizcocho y se lo estaba comiendo con suma delectación. Doña Manolita se comportaba como una niña golosa, mientras Aurora y Juan la miraban con la placidez extrañada de las personas adultas.

—En cuanto a Tomás Araujo —concluyó bruscamente—, mejor hubiera sido que deseara a una santa de madera.

17

—Juan, no fue un accidente.

—¿Qué?

—Lo del niño.

—Ya lo sé. Santiago me lo contó todo. ¿Por qué lo hiciste?

—Al principio lo odiaba con toda mi alma. No podía soportar su olor, su pasividad, el que dependiera de mí para todo. Me acordaba de ti, de nuestras citas furtivas en Villa Julia, me acordaba de mis compañeros de facultad y de todas aquellas fantasías en que me veía a mí misma transformada en una abogada famosa o nos veía a nosotros viviendo en la casa que me ibas a regalar, y no podía resistir la idea de que nada de aquello fuera a ser real. Porque desde el primer momento, tan pronto como llegué al pueblo y deposité la maleta sobre la cama, supe que no saldría de allí. Las horas se me hacían interminables, y me pasaba los días y las noches llorando. ¡Cuánto pude llorar! Lo hacía a todas las horas, en todos los momentos, cuando me acostaba, cuando fregaba los cacharros, cuando estaba en el patio con Luisín. No comprendo cómo los ojos pueden producir tantas lágrimas sin llegar a secarse, de dónde sacan el agua y la sal que necesitan para alimentar ese flujo interminable. Estuve a punto de volverme loca. Mi hermano se pasaba días enteros sin pisar por casa, y cuando regresaba, normalmente a altas horas de la noche, lo hacía casi siempre borracho. Tenía que acostarlo, tenía que lavar su ropa y ocuparme de él, aun sabiendo que no serviría de nada, pues no lograría cambiarle, sufriendo por la conciencia de la inutilidad de mi entrega, como les sucede a esas madres que conciben niños extraños, alucinados, que sólo parecen haber venido al mundo para llenar sus corazones de puñales. Estos sentimientos también alcanzaban al pobre Luisín. Creo que en esos primeros días lo odiaba por el mero hecho de existir, de que no se pudiera valer por su cuenta y que, sin saberlo, me estuviera exigiendo el sacrificio de mi vida. No podía soportar su presencia, pero tampoco la de los vecinos y amigos. No me gustaba cómo me miraban, que nos compadecieran a los dos, a Luisín por ser apenas un pobre niño lisiado, y a mí porque hubiera tenido que renunciar a todo para ocuparme de él. Hasta una vez, según me contaron, el cura de Santo Domingo aludió a mi caso desde el púlpito y me puso como ejemplo de buena cristiana. ¡Fíjate, ejemplo yo, que, como bien sabes por lo que hicimos en Villa Julia, era la más viciosa de las muchachas! No, yo no quería ocuparme de los lisiados ni de los moribundos, ni ganarme aquel cielo que prometían los sacerdotes, que el único cielo que deseaba era el que encontraba en tus brazos. Eso quería, que me llenaras de besos y que me estrecharas contra tu pecho hasta hacerme perder la razón. Pero luego me ponía a preparar la comida y veía cómo a Luisín se le alegraban los ojos cuando le llegaba el olor de los guisos, y de pronto todo era claro y sencillo. Como si todo el suelo de la casa estuviera inundado del agua más limpia, y yo fuera de un lado a otro sintiendo el chapoteo de mis propios pies al andar. ¿Y sabes lo que significaba esa agua? Que había otra vida, una vida distinta a aquella que llevábamos cada día, y en la que Luisín habría podido demostrar quién era de verdad, porque en ésta estaba como de prestado. Y empecé a darme cuenta de que cada vez me parecía más guapo, y que era el único que me hacía sentir bien de verdad, ya que todo su problema era que se había equivocado de vida y que habría tenido que nacer en otro lugar, tal vez con un cuerpo distinto. A lo mejor, no siendo ni siquiera un niño. Y eso me pasaba a mí muchas tardes, que me quedaba mirando a Luisín y no me parecía un niño sino un animal. Un animal extraño, muy dulce, que alguien había dejado en aquella casa y del que yo tenía que ocuparme, aunque no supiera la razón. Le miraba a los ojos y me parecía que esa razón existía, y que antes o después la conocería. Y mientras tanto me ponía a hablar con él. No te creas que de cualquier cosa. Le contaba mis pensamientos, mis sueños, mis secretos más grandes. Y tú aparecías constantemente en ellos. ¿Sabes cómo te llamaba? El traidor. Bueno, en esa época estaba muy enfadada contigo. No podía entender tu silencio, que me hubieras olvidado tan pronto, que no te acordaras de cuando nos besábamos delante de don Nazario, y luego te subía a mi cuarto. Sólo me parecía real lo que hacíamos allí, y era como si, al irte, no sólo me hubieras arrebatado tus caricias y tus besos sino el mundo entero con sus jardines, sus flores y sus pájaros. Todas las cosas reales. Entonces me centraba en Luisín. Era un niño muy bueno. Se pasaba el día dormido, y era capaz de comerse fuentes enteras de papillas. Yo planchaba su ropa, le peinaba. Y lo hacía sin esfuerzo, sin pena, porque era como si gracias a todas aquellas acciones volviera a encontrar un lugar en el mundo. Un lugar tan real como lo había sido nuestro cuarto en Villa Julia, o como lo fueron nuestros paseos de niños por el canal. Una vez, Luisín enfermó. Me pasaba las horas muertas junto a su cama, dándole gotas de agua para que no se deshidratara. Se quedó tan delgado que vino a vernos una prima y se mareó, porque parecía un esqueleto. Eduardo no pisaba por casa, porque decía que no soportaba verle, y yo no me separaba de su lado. Nunca he mirado más a nadie que a él en esos días. ¡Qué misteriosos son los cuerpos dormidos! No era distinto a los pájaros, a los árboles, que estaban en el mundo sin saber. Su silencio era el paraíso. Y a mí me parecía que mi misión era velar ese silencio. ¿Sabes por qué las mujeres queremos tener niños cuando nos enamoramos? No es por lo que vosotros pensáis, porque queramos teneros atados a nuestro lado, o detentar el oscuro poder de la sangre. Todos los cuartos de las mujeres que aman están llenos de agua. Agua que mana de las paredes, del suelo, y que lentamente circula por la casa. El amor nos hace sentirnos parte de ella. Sentimos esa corriente imperceptible y hundimos nuestras manos en ella, embriagadas de felicidad. Los niños son como peces, peces que vienen a nosotras nadando. Que nos dicen que esa corriente existe, rodeándolo todo. Los hurtamos a ese silencio, a ese paraíso. Tal vez hagamos mal, y deberíamos dejarlos seguir en esa vida sin tiempo, sin historia, dejarlos perderse en su mundo sin límites, como animales nocturnos. Pero no sabemos hacerlo. En todo esto pensaba cuando decidí lo del gas. Estaba muy cansada, muy triste, ya no esperaba nada. Además, Luisín volvía a estar enfermo. No podía respirar. Se despertaba sobresaltado, gritaba, y cuando yo iba a su camita, le encontraba lleno de sudor, con la cara roja por la asfixia y los ojos inmensamente abiertos, mirándolo todo como si no entendiera lo que hacía allí ni qué lugar era aquél. Yo me acordaba de cuando íbamos a pescar al canal y Santiago y tú sacabais aquellos peces que, después de agitarse inútilmente sobre la arena, de pronto se quedaban quietos, con los ojos redondos e inmóviles, fijos en el vacío, como esperando una redención incomprensible, y de cómo, si los cogías y devolvías al agua, enseguida despertaban y de un rápido coletazo se hundían en las profundidades. Me fijaba entonces en Luisín y me preguntaba lo que tenía que ser que a él le pasara algo así, y la muerte me parecía una liberación, el regreso a aquel mundo del que procedía, en el que, como el pez en el agua, podría encontrar por fin todo lo que en el nuestro se le había negado. Y tomé la decisión de matarle. Di a Luisín un tranquilizante en la papilla y esperé a que se quedara dormido. Luego, yo me tomé un puñado. Mientras me hacían efecto las pastillas, fui cerrando las ventanas y las puertas, y en las ranuras ponía papel de periódico o toallas, y abrí la bombona del gas. Me acosté al lado de Luisín, que dormía como un lechón, y también yo cerré los ojos. De pronto ya no estábamos allí, en la cama, rodeados por aquella atmósfera sofocante, que enseguida dejé de percibir el olor asqueroso del gas, sino paseando juntos por la orilla del canal. Yo llevaba a Luisín en la silla, y a él se le alegraban los ojillos al ver las hojas de los árboles y los pequeños pájaros que flotaban en el aire. Y entonces me detenía, lo cogía en mis brazos y, con mucho esfuerzo, me metía con él en el agua. ¡Y qué hermoso era lo que pasaba! Luisín empezaba a moverse, a agitarse de un lado para otro y enseguida estaba nadando por sí solo, al principio con torpeza pero a cada segundo que pasaba con más decisión y desenvoltura, siempre a mi alrededor, sumergiéndose en el agua y volviendo al momento a la superficie, cada vez con más pericia, con más loca determinación, como si en vez de brazos y piernas tuviera ya a esas alturas aletas y cola. Hasta que se sumergía y no volvía a salir otra vez. No lo dudaba y me iba detrás. Sentía la falta de aire, que el pecho llegaba a dolerme de tanto como contenía la respiración, pero todo cambiaba enseguida, porque me daba cuenta de que podía respirar bajo el agua. Entonces pensaba en ti y en la sorpresa que te ibas a llevar cuando te lo contara. Tú nunca creías en nada.

—Creía en ti.

—No, no creías en mí. Por eso me abandonaste.

—Fuiste tú quien dejó de escribir.

—¿Cómo iba a hacerlo? Había vuelto al pueblo, y me tenía que ocupar yo sola de aquella casa, más maldita que la Casa Usher. Me pasaba las veinticuatro horas del día preparando comida y recogiendo cacas. ¿De qué querías que te hablara? Sólo podía hacerlo de miserias y de cosas vulgares, y preferí guardármelas para mí. No, no quería preocuparte. Tenías que estudiar, aprovechar la beca, y no quería hacerte perder el tiempo hablándote de mis congojas. Además, estaban tus cartas. Llegaban a Villa Julia cada vez más espaciadas, y doña Sofía me las mandaba por alguna conocida. Las leía sin dejar de llorar, porque me daba cuenta de que te estaba perdiendo. Estaban escritas con frialdad y desgana, como si me estuvieras pidiendo que abriera la puerta de la jaula. Y eso hice, dejar la puerta abierta y animarte a marchar.

—Pero yo no quería irme, también me acordaba de ti. Apenas tenía tiempo para nada. Iba a clase y luego al estudio de un arquitecto. Trabajaba dieciséis horas al día. Además, estaba aquella chica. Se llamaba Cordelia. No estaba enamorado de ella, pero era delicada y divertida y, sobre todo, sumamente generosa.

—¿Era guapa?

—Sí, un poco regordeta. Con ojos de gata...

—Y seguro que fácil de contentar.

—¿Por qué dices eso?

—Cosas mías. Es la ley de las compensaciones. Al amor con una perturbada debe sucederle otro tranquilo, sin demasiados sobresaltos.

—Estaba estudiando Arte y Arqueología, en su clase eran todo chicas menos un varón. Sus padres tenían una cabaña en el bosque, y los fines de semana los pasábamos allí. Canadá está llena de bosques. Extensiones inmensas cubiertas de grandes árboles cuyas ramas se mezclan durante kilómetros sin interrupción, creando otro mundo, un mundo con sus propias leyes, sus propios secretos y sus propios frutos, paralelo a aquel en que viven los hombres. Junto a la cabaña había un pequeño bosquecillo de manzanos y al amanecer era frecuente ver a los ciervos merodeando cerca. A los ciervos les encantan las manzanas y venían a comer las que se caían al suelo. Yo les veía aproximarse, y pensaba en ti. Me parecía que vivías en el bosque entre los ciervos y los otros animales, que no eras enteramente humana. Que podía llevarte a aquella cabaña, pero que antes o después sentirías la llamada del resto de la manada, de los lagos y de las cumbres nevadas, y tendrías que irte de nuevo.

—Era una forma genial de quitarme de en medio.

—No, no te rías. Te veía realmente así. Bajabas con los ciervos, y eras tú la que les dabas las manzanas. Te subías a los árboles, y les ibas tirando las maduras, que recogían con sus bocas. Regresaban raudos al bosque y tú lo hacías detrás. Trataba de seguiros, pero erais demasiado rápidos y enseguida perdía vuestro rastro. Luego, Cordelia me preguntaba por ti. Te llamaba la amiga española. Yo le hablaba del canal, de tu obsesión por la señorita Adela, de que querías ser abogada, de Villa Julia y de don Nazario, que a pesar de ser ciego tenía la vista de las águilas. Yo no sabía lo de tu cuñada, ni que habías regresado con tu hermano. Llevabas semanas sin escribirme y cada vez me parecía más lejano todo. Aparecías un momento, y enseguida te perdías en el bosque, con los ciervos recelosos.

—Claro, yo me iba con los ciervos y tú te ibas a la cabaña, junto al fuego calentito, a meter mano a la complaciente Cordelia. No se puede decir que me llevara la mejor parte.

—Bueno, tú también habías vivido lo tuyo.

—¿A qué te refieres?

—A aquella historia del soldado.

—Eso es un golpe bajo.

—Me engañaste.

—No, no fue así. Te pusiste muy bruto. Pensabas que aún no me había acostado con nadie, y te contrarió descubrir la verdad. Querías saberlo todo. Fue un acoso en toda regla. No me dabas tregua. Nos estábamos besando y te detenías para preguntármelo. Con quién había sido, cuándo, por qué te lo había ocultado. Incluso una tarde te echaste a llorar. ¡Qué tontos sois los hombres! No me explico cómo dais importancia a cosas así, cosas que no significan nada. Sois como los toros en las plazas. Os empeñáis en perseguir un trapo, un trapo miserable que sólo se vuelve deseable cuanto más se os burla con él, y a lo mejor tenéis allí mismo, delante de vuestros ojos, lo que debiera importaros y no reparáis en ello. Entonces, para consolarte, me inventé aquella historia. Un encuentro furtivo con un apuesto soldado, en una noche tórrida, llena de tentación y perfidia.

—Al principio te reías contándomelo, pero, de pronto, la que te echaste a llorar fuiste tú. Me obligaste a prometerte que nunca te lo volvería a preguntar.

—Entonces, ¿por qué lo haces?

—¿Qué?

—Volver a preguntar.

—He venido para eso. Quiero que me cuentes lo que pasó. Siempre supe que me engañabas.

—No, no tienes derecho. Te fuiste, me dejaste sola, no puedes hacerte el ofendido. Tú mismo acabas de decirlo, yo vivía con los ciervos. Me perdía en el bosque si alguien trataba de aproximarse. Tenía una vida secreta que pertenecía a la espesura, los lagos, la manada ansiosa y unánime. No debería importarnos no comprender a los que amamos.

—No te rías de mí.

—Ofelia, vete a un convento...

—¿Qué?

—Era lo que le decía Hamlet a la pobre Ofelia. La tenía consumida de amor, pero estaba tan ocupado en sus graves asuntos que todo lo que se le ocurría, para quitársela de en medio, era pedirle que se fuera a un convento. Los hombres sois muy raros. Os cansáis de nosotras y nos dejáis plantadas, pero no os gusta que nos quedemos solas por ahí, dueñas de una vida de la que no sabéis nada. Si fuera por vosotros, los conventos estarían llenos, de novias, hijas, hermanas y esposas despechadas. De vez en cuando nos vendríais a ver, y os despediríamos llorando. Luego iríamos a la iglesia a rezar rosarios y a cantar la salve por vosotros. Una escena conmovedora.

—Te equivocas.

—No, no me equivoco. Sólo que no os dais cuenta de que un convento es en el único sitio donde las mujeres no quieren estar, porque no soportan vivir juntas. Me pasó una cosa en el pueblo. Llegó una pintora y nos hicimos amigas. Yo iba a verla a su nave. Estaba en una huerta, y pintaba unos cuadros muy hermosos con mucho color. Casi siempre de niños. Niños muy pequeños, con los cuerpecitos llenos de letras, que vivían sueltos en el campo, mezclándose con los otros animales, como hacen los conejos en los corrales. Yo le preguntaba por lo que significaban aquellos cuadros, y ella se encogía de hombros y se echaba a reír. Se contaba que era lesbiana. Incluso una tarde creo que me tiró los tejos. Salí disparada de allí. No volví a verla. No me molestó que se me insinuara, sino mi renuencia, mi falta de deseo. Creo que me horrorizaría acostarme con otra mujer. Las mujeres saben demasiado, no se les puede engañar ni confiar en ellas. No me extraña que los hombres las teman.

—Tú no eras así.

—Yo no pondría la mano en el fuego. En todo caso, quien aquellos días debía tener miedo no eras tú sino tu amiga canadiense. Bueno, esto es una broma. ¿Cómo iba a desear el mal a quien ni siquiera conocía? No, no es de esto de lo que quiero hablar. Tampoco de tus ciervos, ni de tu brillante carrera de arquitecto, ni siquiera de nuestro pobre y famélico amor, sino de ese mundo que encontré bajo el agua. Luisín se había sumergido en el canal y yo le seguí sin dudar. Estaba a punto de morir asfixiada cuando empecé a respirar. Era una respiración distinta, la respiración de los peces y de los renacuajos, de todos los animales con branquias. Entonces descubrí ese mundo. Un mundo sin sentimientos, sin tristeza, donde los cuerpos se movían como si no tuvieran corazón. Veía a Luisín flotando, con los bracitos extendidos como un manojo de ropa, y no sentía pena ni rabia. Como si la frontera que había entre la realidad y el sueño, entre la vida y la muerte, no estuviera clara, y todo diera igual. Creo que la señorita Adela se equivocó al raptar a aquella niña, la niña a la que mató Monzó. No debió llevarla a su casa, ni plegarse a sus deseos anómalos. Debió dejarla tranquila en su mundo indolente, sin palabras ni culpa.

—Tú sabes que esa historia era una fantasía.

—Puede ser, pero te recuerdo que doña Manolita la vio.

—Cosas de doña Manolita. Las decía para impresionarnos, lo que, bien mirado, no era difícil. Teníamos diez años y a ella le gustaba asustarnos. A muchos ancianos les gusta asustar a los niños. La proximidad de la muerte les excita, y les hace volverse atrevidos y perversos. Puede que porque quieran vengarse por todo lo que tienen que abandonar.

—No, ella la vio. Vio los algodones llenos de sangre, y vio la pomada, los polvos de azol, el agua oxigenada, las vendas, todo lo que la señorita Adela empleaba para las curas. Luego, vio a la niña. Ya se estaba marchando cuando, al volver la cabeza, la vio detenida en la puerta de uno de los cuartos, con aquel cerco de luz que parecía rodearle la cabeza. ¿Era magia? ¿Era su aura? ¿Emanaba de ella luz y bondad? De repente, lo comprendió: ¡era energía! Aquella niña irradiaba pura energía, como si a pesar de todo el tiempo que llevaba muerta, y enterrada, la llama de la vida no se hubiera apagado.

18

—¿Sabes quién era Giuseppe Terragni? Se mató cayéndose por las escaleras de la casa de su prometida. Sólo tenía treinta y nueve años, y llegaría a ser el arquitecto italiano más famoso del siglo xx. Era un hombre de hondas convicciones fascistas, y Mussolini terminó apoyándole sin reservas. Construyó un edificio tras otro hasta la llegada de la guerra. Entonces le tocó alistarse y terminó en el frente ruso. El horror de la guerra le hizo enloquecer. Le repatriaron en un tren hospital, pero no llegó a recuperarse nunca. Había visto caer congelados a sus pies a decenas de compañeros y vivía lleno de remordimientos y alucinaciones en que se veía a sí mismo pisando cadáveres. Recogía flores que dejaba marchitar en sus bolsillos, y se gastaba todo su dinero en estampas. Una noche de insomnio corrió a ver a su prometida, y un traspié le hizo rodar por las escaleras y matarse. Morir rodando por unas escaleras, ¿hay una muerte más paradójica y absurda para un arquitecto? ¿Puede una casa transformarse en una trampa mortal? En esa época, Cordelia y yo vivíamos juntos en un pequeño dúplex, en Toronto. Yo pasaba días de una extraña tristeza. Como Terragni, yo también cortaba flores y las dejaba secarse en mis bolsillos. Sería muy fácil decirte que las cortaba para ti, pero no quiero ni engañarte ni engañarme. Digamos que no estaba pasando mis mejores momentos, que me sentía abatido y sin ganas de hacer nada, y que hasta llegué a pensar en la posibilidad de renunciar a mi trabajo y regresar a España. Un día me quedé solo en casa. Llevaba varios días padeciendo del estómago, y empecé a vomitar sangre. Me asusté y quise llamar a Cordelia. Pero el teléfono estaba en la planta baja y, al ir a bajar por las escaleras, la debilidad me hizo tropezar y caer. Me golpeé la cabeza y perdí el conocimiento. Al recuperarlo, estaba en el suelo y había un gran charco de sangre a mi alrededor. Lo curioso es que me sentía inesperadamente bien. Veía el teléfono sobre la mesa y no me decidía a hacer el esfuerzo de acercarme para llamar. Sabía que me estaba muriendo, pero no me rebelaba. Es cansado rebelarse. Lo hacemos durante toda la vida, y de pronto estamos demasiado cansados y lo que queremos es que la lucha termine de una vez. No importa cómo, ni quién salga victorioso, sólo poder descansar. Entonces pensé en ti, y era como si estuvieras allí mismo, a mi lado, y te estuviera ofreciendo mi vida.

—¿Y qué hice yo?

—Me dijiste que no la querías. Recuerdo que me desperté llorando en el hospital. No sabía lo que me pasaba, y las lágrimas se escapaban de mis ojos sin que pudiera hacer nada para controlarlas. Me dijeron que había estado a punto de morirme, que la úlcera me había provocado una hemorragia gástrica, y que sólo la llegada providencial de la asistenta que hacía las labores de la casa me había salvado la vida. Pero no, no era la asistenta quien me había salvado, sino tú, que no quisiste aceptar lo que te daba. Fue una convalecencia muy larga. Me encontraba sin fuerzas y no quería seguir viviendo. Sólo dormir, permanecer eternamente acurrucado bajo las mantas, como un animal enfermo en su madriguera. Luego empecé a salir, a recuperar un poco mis fuerzas. Volví con Cordelia a la cabaña del bosque. No era época de manzanas, pero yo las compraba en Toronto y las ataba a las ramas con delgados cordeles. Logré que los ciervos vinieran a por ellas, a pesar de que estábamos en primavera. Yo los esperaba acodado en la ventana y me preguntaba lo que debían de sentir al ver las manzanas en otra estación. ¿Se daban cuenta, o se limitaban a tomarlas sin más, porque se habían acostumbrado a vivir sin entender? Cordelia se iba a menudo, y yo me quedaba solo. Entonces trataba de escribirte. Quería contarte lo que había sentido el día de la hemorragia y lo viva que seguías en mí. Me imaginaba que eras tú la que me daba aquellas manzanas y me decías que se las diera a los ciervos. Comencé varias veces la carta, pero siempre la rompía al terminar. No, no era justo que, después de todo lo que había pasado, apareciera otra vez en tu vida con las manos vacías. No tenía derecho a hacer algo así. Poco a poco volví a mi trabajo, a mis proyectos. Terminé los años de mi formación en la Universidad de Toronto y me fui a Nueva York. Naturalmente, cada cierto tiempo volvía a España, a Madrid, para visitar a mis padres. Unas Navidades me acerqué a Valladolid y me pasé por Villa Julia. Estuve con don Nazario y doña Sofía, y les pregunté por ti. Me contaron que no habías terminado la carrera, que te habías ido al pueblo tras la muerte de tu cuñada. Que te habías hecho cargo de la casa de tu hermano y de cuidar a su hijo subnormal. ¡Qué extraña y cruel podía ser la vida! Llegué a coger el coche y me dirigí al pueblo. Pero me detuve en la carretera. ¿Qué iba a decirte? Tenía que ir a Nueva York, estaba lleno de proyectos, de ideas. No quería atarme.

—No había razón para que lo hicieras. ¿No te acuerdas? Me habías entregado tu vida, y yo no la había querido aceptar.

—Te traicioné. Debí ir a verte, acudir en tu ayuda, pero tuve miedo. No de ti, sino de aquel lugar. De aquel mundo hundido en su propio abandono, donde los hombres estaban embrutecidos por la incomunicación y el analfabetismo. Miedo de esa tierra en que los bosques habían sido asolados por el hacha; los viñedos, muertos por la filoxera; las casas estaban en ruinas y los cultivos se regían por costumbres semibárbaras. Miedo de un pueblo poblado de feroces mosquitos, donde apenas había mujeres hermosas y todo lo que podía haber de valioso era de alguien que había muerto hacía tiempo o que había huido de allí. Bueno, el caso es que me detuve en la carretera, y volví a Valladolid. Fue mi segunda negación. La primera había tenido lugar varios años antes, cuando me fui del pueblo con mis padres sin ni siquiera despedirme de ti.

—¿Hubo una tercera?

—¿Por qué lo preguntas?

—Las negaciones de Pedro fueron tres.

—Sí, la hubo.

—¿Cuando me quisiste comprar...?

—Regresé a Nueva York, donde el trabajo volvió a ocupar mi tiempo y mis energías. Fue como la travesía por un desierto. Me pasaba las horas muertas dibujando, pero no me gustaba el resultado. Había algo que se me escapaba, a lo que no lograba dar forma. Una noche no me podía dormir. Tenía que presentar un proyecto en los días siguientes, y lo que había hecho no terminaba de convencerme. Pero tuve una idea. Rompí todo lo anterior, y me puse a trabajar en ella. Pensaba en lo que me habías pedido cuando, a mi regreso de aquel primer viaje de estudios, en el paso del ecuador de la carrera, te hablé de la casa que Wittgenstein había construido en Viena para su hermana. Un refugio, un lugar en el mundo donde pudieras alcanzar la felicidad. Ante la sorpresa de todos, y de mí mismo, gané aquel concurso. No lo hice con el proyecto de un gran auditórium, sino con el de una pequeña casa en un parque. Una casa para que el guarda y los jardineros pudieran guardar sus herramientas y reunirse en torno a una cocina caliente para tomar su café. «La casa de las Manzanas», la llamé. Hay una clase de pájaros, ahora no recuerdo su nombre, en que los machos son los encargados de los nidos. Son unos nidos que cuelgan de los árboles, y que construyen como apretados capullos durante interminables jornadas, mediante un trabajo agotador de trenzado de espigas y ramas jóvenes. Al concluirlos llaman a las hembras. Ellas los visitan y eligen el que más les gusta. Es decir, que el factor determinante en la elección de la pareja no es la fuerza física, o el colorido de las plumas, sino la pericia en la construcción del nido. El nido mismo es la danza nupcial. Eso fue lo que descubrí. La arquitectura debe hacer posible esa danza, descubrir el lugar del asentimiento, el lugar donde se dice que sí. Aquel premio fue el comienzo de mi fama. Me llovían ofertas y viajaba de un extremo a otro del mundo. Regresé a España y me instalé en Barcelona dos o tres años después. No pensaba en ti, te había borrado de mi pensamiento. De vez en cuando, al hojear viejos papeles, tropezaba con tus cartas, o con aquellas fotos que nos hicimos en Valladolid, en el Campo Grande, y que son las únicas que dan testimonio de nuestro amor. En una de ellas estamos junto a la fuente de la Fama. Es la única en que aparecemos los dos, y nos la hizo un soldado que pasaba casualmente por allí. Tú estás muy guapa, con aquel abrigo azul y las medias de rombos. Y estás mirando hacia atrás, como si estuvieras ocultando tu rostro detrás de mi hombro. Un pavo se había posado en el borde de la fuente y tú volviste la cabeza. Pero el pavo no se ve en la foto y parece que te estás escondiendo, porque no querías que nadie notara tu felicidad. Eso era todo, y enseguida las fotografías y las cartas regresaban a su triste carpeta. Estaba demasiado ocupado, tenía demasiadas cosas que hacer. También hubo otras chicas. No muchas, no te creas. Aquellas relaciones siempre me dejaban exhausto. Las mujeres absorbéis energía. No es cierto que seáis más apasionadas e impulsivas. Siempre vivís como si llevarais un niño en los brazos, un niño que tenéis que cuidar. Y cuidar a un niño exige no ser contradictoria, sacar conclusiones pertinentes y lógicas. Deificáis la razón, que tiene el mismo poder vigorizante, y aun la misma función salvadora, que la creencia en el otro mundo tenía para los creyentes religiosos. Por eso creéis en la esperanza.

—No, la esperanza no es lógica. Es como salir a robar.

—Entonces me llegó aquella carta. Era de Santiago, y en una nota escueta me hablaba de tu muerte y me remitía a un recorte adjunto de periódico. La noticia hablaba de la conmoción que las dos muertes habían producido en el pueblo, y que todo hacía pensar en que se trataba de un suicidio. Según el periodista, primero habrías dado al niño un barbitúrico y, después de sellar las ranuras de puertas y ventanas, habrías abierto la bombona del gas y te habrías acostado a su lado. Como si la cama fuera una barca, una barca que se echara a navegar por la inmensidad de la noche y de la muerte.

—El periodista era un Sherlock Holmes, y un poeta.

—Me conmovió un detalle. Según parece, y para evitar riesgos, atrancaste la puerta, sirviéndote de un pequeño aparador que tuviste que arrastrar por el pasillo. En esa operación hiciste un desconchón en la pared y, al verlo, fuiste a por la escoba y el recogedor, y estuviste barriendo el yeso y la cal que habían caído al suelo.

—La lógica de las mujeres.

—Qué necia fuiste.

—¿Por qué?

—Por volver al pueblo.

—Qué sabes tú. Hablas y hablas, pero no sabes de qué. Al menos cuando lo haces de lo que dejabas a toda prisa detrás, como si alguien te persiguiera. Pero nadie lo hacía, salvo tus propios remordimientos. Recuerdo que, poco después de tu marcha, hubo un terrible accidente en la estación. Murieron dos obreros. Uno de ellos era vecino nuestro y acababa de casarse. Su mujer se quedó viuda con apenas veinte años y un niño de meses. Lloraba por las noches sin descanso, y nada parecía capaz de consolarla. Uno de esos días vino a la tienda. Era como si hubiera envejecido diez años. Me pidió algo y fui a buscarlo al almacén. A mi regreso, me detuve a espiarla desde las cortinas. Permanecía ante el mostrador, infinitamente abstraída en sus pensamientos. Y aquellos pensamientos la hacían sonreír. Nada me pareció más hermoso y real que esa humilde alegría. La alegría a causa, quizá, del niño que acababa de dormirse o de la sopa perfumada.

—O del humo de la chimenea.

—Sí, o del humo de la chimenea.

—¿Cómo era aquello?

—Una mezcla de manzanas, de humo de chimenea y de sudor. El olor más excitante que pueda imaginar una mujer.

19

—Doña Manolita podía ser sublime, especialmente cuando relataba escenas de amor. Recuerdo, con puntos y comas, muchas de sus frases. Estuvo sublime, por ejemplo, la tarde en que nos contó lo del palomar. Sobre todo, al evocar el momento del beso. Espera, espera... «El modo de besarla hizo que a mi prima le temblaran las rodillas. Monzó la besó de la misma forma en que hacía las cosas: declarándose a cargo de la situación. Su boca era segura, exigente y posesiva. Su boca era... perfecta. La besó del modo en que los hombres deberían besar a las mujeres.» Aún puedo ver a doña Manolita extendiendo sobre la mesa sus manos delgadas y secas, como alas de murciélago, y volviendo de pronto su cabeza para sorprender el efecto que sus palabras nos habían causado. Tú estabas más bien aburrido, y yo pasé en un instante de la fascinación a la risa tonta, como siempre me sucedía entonces con aquellas cosas de los novios. Unos días después fuimos con Santiago a las bodegas del Monasterio de Valdescopezo. Él tenía que hacer un encargo y nosotros decidimos esperarle en la fuente. Arriba estaba el páramo de Coruñeses. La inmensa llanura relucía como si el sol se reflejara en una bandeja de estaño, y vimos a lo lejos el brillo metálico de una cosechadora. Santiago se había ido y yo me acerqué a ti y te besé en los labios. Estaba subyugada por el relato de doña Manolita y quería saber lo que era besar.

—Terminarías por ser una verdadera experta.

—Bueno, sólo una eterna aprendiz. A todas las mujeres nos encantan los besos, y aquél fue el primero. Yo no sabía cómo tenía que hacerse, y estuvimos unos segundos apretados el uno contra el otro, con las bocas muy juntas. Esperaba que hicieras algo, pero estabas tieso como una estaca, y recuerdo que hasta me entraron ganas de morderte para hacerte reaccionar. Aunque enseguida me dieras pena. Me parecía que eras un niño que había perdido la memoria, uno de esos niños que salen en las películas a los que un accidente o un viejo trauma ha hecho perder el uso del habla, y que vagan por las calles como almas en pena. Yo te había conducido a la fuente Samaritana para darte de beber. Pero apenas podía hablarte ni hacerme entender por ti, porque no comprendías las palabras de los hombres.

—No se puede decir que me tuvieras en una alta estima.

—Anda, no seas tonto. Tú puedes mandarme directamente al bosque, en compañía de los ciervos, y a mí no me dejas tener la fantasía de que no sabes hablar. Sí, era eso lo que me parecías, un niño al que yo tenía que enseñarle todo. Los nombres de las calles y de las viejas puertas de la ciudad amurallada, la puerta de Zamora, el arco de Ajujar, la puerta de Sebastián. Los nombres de los once miembros de la dinastía de los almirantes Castilla, que habían marcado la ascensión, el auge y la posterior decadencia de la ciudad: don Alfonso Enríquez, don Fadrique, don Alfonso II, don Fadrique II, don Fernando, don Luis, don Luis II, don Luis III, don Juan Alfonso, don Juan Gaspar, don Juan Tomás Enríquez de Cabrera... Repetírtelos una y otra vez, como hacían antaño en las escuelas los maestros con la lista de los reyes godos. Como hacía sor Natividad cuando íbamos a las escuelas de San Vicente de Paúl, con aquellos babys de rayas que nos hacían parecer pequeños deportados. Y esa noche no pude dormir, aunque por motivos bien distintos a los que mantuvieron en vela a la señorita Adela la noche que siguió a su beso en el palomar. Ella estaba loca por aquel beso y sólo vivía esperando el momento en que pudiera repetirlo; y yo, porque acababa de descubrir que te ibas a marchar. Era Santiago quien me lo había contado. Había ido a buscarte unos días antes y se encontró con un gran revuelo en tu casa. El suelo estaba lleno de cajas de embalar y las mujeres iban de un lado a otro guardando libros, mantelerías y todo tipo de objetos. Una de ellas le dijo a Santiago que os ibais del pueblo. Tu padre había conseguido el traspaso de una farmacia en Madrid y tenía que incorporarse a ella sin tardanza. Santiago corrió a mi casa para contármelo, y ésa era la razón de que esos días no pudiera dormir. No entendía por qué nos ocultabas tu marcha, y me parecía que tu silencio sólo podía significar que lo estabas deseando porque te habías cansado de nosotros.

—No, no me quería marchar. Lloraba todas las noches, porque no quería separarme ni de Santiago ni de ti. Cuando te veía, sentía vergüenza. Pensaba que te estaba traicionando, pero no me atrevía a confesarte los planes de mis padres.

—Por eso te besé. Había escuchado a doña Manolita y me parecía que si dos personas se besaban, quedaban unidas para siempre, como les había pasado a la señorita Adela y al ingeniero catalán. Te besé para hechizarte, como hacían las brujas. Quería que nunca me pudieras olvidar.

—No lo hice.

—No, no es verdad. Me olvidaste. Te fuiste de aquí y lo olvidaste todo. Te olvidaste de los vencejos, de los galgos, de las orgullosas ruinas de las fábricas de harina, del puente de Villalón, donde Santiago había encontrado buceando una pistola de la época de la guerra, y del cerro Rajado. Te olvidaste de los paseos bajo los soportales, de la torre de Santa María y de la capilla de los Benavente, en que se representa a la muerte con la figura de un esqueleto que rasca la guitarra. Te olvidaste del canal y de la pobre señorita Adela, la soñadora.

—No, entonces yo amaba este pueblo. Luego, no; lo reconozco. Me fui de aquí y no quería volver. Me parecía un lugar cruel. Un pueblo clasista, lleno de delirios de grandeza, donde cuatro familias de notables analfabetos habían hecho y deshecho a su antojo durante siglos la vida de todos los demás. La «India chica» no había sido sino una vulgar reunión de malhechores repartiéndose sin escrúpulos su botín, eso sí, con todas las bendiciones y parabienes de los curas, siempre prestos a acercarse a las mesas con manteles de hilo donde les aguardaban los churros y el chocolate humeante. Creo que tu propia heroína lo sabía, y que por eso concibió aquel amor enfermizo por alguien que ni siquiera le llegaba a la altura de la suela del zapato. También ella se quería marchar. Este pueblo estaba maldito. Lo estaba hasta la propia tierra que, como explicaba muy bien doña Manolita, no había sido amada ni siquiera por sus dueños. Aquellos herederos de la triste dinastía de los Enríquez de Cabrera que no habían sido capaces de amar las aguas vivas de las fuentes, las superficies cubiertas de cebada, el sucederse de las estaciones. Una dinastía condenada desde su mismo origen, incapaz de sentir amor por las criaturas, que sólo se había movido por el interés y la utilidad.

—No, no eres justo. Había otras cosas. Las pequeñas acequias, los palomares alborotados, la historia de la culebra y el pastor... No todo era destrucción y pobreza. Había existido el canal, el orgullo de la harina, y el amor a los caballos y a los toros. Existieron delicados cantantes, muchachas capaces de volverse locas de pasión y niños blancos como el trigo que venía del páramo. No era un lugar ni mejor ni peor que los otros, por mucho que a doña Manolita le encantara pintarlo con aquellas tintas oscuras.

—Aun así, no debiste volver.

—Tuve que hacerlo. ¿Sabes una cosa? Durante el tiempo que estuve en Villa Julia hablé mucho con don Nazario. Era un hombre muy interesante y sumamente culto, a pesar de sus manías y locuras. Don Nazario había perdido la vista en un estúpido accidente y me pedía que le leyera libros. Sobre todo las obras de Shakespeare, que se sabía de memoria. Su personaje favorito era el conde de Kent, de *El rey Lear*. Alguien que había sido desterrado por Lear de Inglaterra, y que, abandonando toda su grandeza y su pompa, se acercó a su señor disfrazado de criado y le ofreció sus servicios ante la posibilidad de volver a serle útil. ¿No te parece hermoso? Durante el tiempo que estuve en el pueblo me acordaba mucho de esta historia. La joven y prometedora abogada regresaba al pueblo transformada en una pequeña sirvienta.

—Te falla el papel de Eduardo, tu hermano. No creo que se pueda comparar con el rey Lear.

—¿Por qué no? Los dos eran coléricos, injustos y sumamente ególatras.

—Eduardo sólo es un vulgar malhechor.

—Calla, no sigas.

—Es un malhechor porque no le importa causar daño con tal de obtener lo que quiere. Es un malhechor porque para alumbrarse, prende fuego al bosque, y de inmediato sólo hay cenizas a disposición de los demás.

—No, no... hay otras cosas. Cosas que no conoces, que ni siquiera sospechas.

—He venido para saberlas.

—No tienes derecho. Te fuiste. No puedes presentarte ahora como la figura del justiciero, del que viene a juzgar. Sólo los que son como el dulce conde de Kent pueden hacerlo y, sin embargo, son precisamente ellos los que lo evitan. ¿No es extraño que casi siempre tenga que ser así?

20

20

—Aquel beso —continuó doña Manolita— fue el comienzo de una larga serie de besos y citas escondidas, pero también de la lenta marcha hacia una tragedia que ni Monzó ni mi prima acertaron a prever. Una tragedia cuyos efectos, como sucede en todas las grandes tragedias, se prolongarían fatalmente más allá de las vidas de sus protagonistas. Tengo el convencimiento, de hecho, de que la vida en este pueblo ya no volvería a ser la misma, y que la llegada de Monzó, con el propósito de modernizar la maquinaria de la fábrica de tejidos, terminaría por adquirir la magnitud de las grandes epidemias y de las catástrofes. Ésa es la diferencia entre desgracia y desdicha. La desdicha es individual, tiene que ver con los anhelos y los sueños de quien la sufre; pero la desgracia es genérica, puede afectar a individuos, pero también a grupos enteros, ciudades, países. Por eso puede compararse con las grandes catástrofes naturales, las inundaciones, las tormentas de granizo, o, mejor dicho, con las epidemias, porque uno de sus efectos es el contagio. Y eso fue lo que pasó con la llegada de Monzó al pueblo, que se abrió un foco de contagio, un foco que cada cierto tiempo volvería a activarse llevando a sus habitantes el mismo espanto que traían las tormentas y los rayos. Y Rioseco, desde entonces, fue un pueblo perseguido por los rayos, que bastaba con ver las estadísticas para comprobar que en ningún sitio caían tantos rayos como allí, que hasta habían venido ingenieros y meteorólogos a estudiar el fenómeno, y habían terminado atribuyéndolo a no sé qué condiciones del suelo, aunque todas las investigaciones para encontrar una causa material que lo justificara habían resultado un fracaso. Puede que se debiera a la existencia misma del canal, que había trastocado el orden de la naturaleza y creado una raza de alucinados y soñadores. Una raza envenenada por los sueños, que sólo aspiraba a apurar hasta el límite el elixir de la vida. De vez en cuando nacían en el mundo seres con un instinto especial, un instinto que les permitía obtener ese elixir en las situaciones más extrañas e inesperadas y construir a partir de él una nueva historia. Fue esa cualidad de mi prima la que provocó el desastre a su alrededor. También la que hizo que la vida de tantas personas en este pueblo oscilara desde entonces entre el tormento y la culpa. El tormento por ver la muerte o la fuga de las personas que amaban, y la culpa por ser ellos mismos los que anhelaban escapar. Adela fue víctima como nadie de aquella contradicción, y arrastró tras ella a todos los que la amaron. A Monzó, al que haría cometer el más atroz de los crímenes; a don Mariano, su atribulado padre, que jamás lograría sobreponerse a la tragedia final; a Tomás Araujo, que llegaría a ser su marido, pero que tuvo que apurar hasta la última gota la copa de la lujuria y del dolor; y hasta al mismísimo apuntador del drama, que en este caso le tocó representar a Vicente, el segundo molinero, al que la visión de la niña en el molino llenaría de espanto para siempre su atribulado corazón. Pero estoy anticipándome a los acontecimientos, y aún habrían de ocurrir muchas cosas para que todo eso sucediera. Después de aquel beso, mi prima y Monzó no volvieron a verse hasta la mañana del domingo. Ella iba con otras muchachas y Monzó detuvo el coche a su altura, y las invitó a subir. Adela evitó sentarse a su lado porque tenía miedo a que todos notaran su turbación. Fueron a la ermita de Castilviejo y, mientras ellas entraban a rezar a la Virgen,

Monzó se quedó en la puerta. Llevaba un sombrero de ala ancha y el sol le iluminaba por detrás creando un fuerte contraluz. Sólo veían su silueta, como la de un ser desconocido que les hubiera seguido hasta allí. Adela se había arrodillado ante la Virgen y, al volver la cabeza, le vio detenido en la puerta, como el cazador que ha seguido a una bandada de palomas y aguarda a que vuelvan a emprender el vuelo para cobrar su presa. Mi prima sentía la excitación de sus compañeras, su mezcla de expectación y sofoco, pero sabía que la elegida era ella. «Virgen mía», murmuró interrumpiendo sus rezos y clavando sus ojos febriles en su rostro moreno, «haz que me vuelva a besar». Se levantó bruscamente y, adelantándose a sus compañeras, se dirigió veloz a la puerta. Era como si, al llegar a su altura, aquel ser desconocido fuera a desplegar sus alas negras y a llevársela por los aires, por encima de las copas de los árboles, por encima de los campos cubiertos de cereal, por encima del río y su mundo de degluciones y de oscuras raíces, pero Monzó se limitó a inclinarse sobre su oído y a murmurarle que esa tarde la esperaba en el camino del río. Y, efectivamente, esa tarde, al tomar ese camino en dirección al caserío de Araujo, Monzó la estaba esperando. Ella pasó de largo, pero enseguida detuvo su caballo. Sintió los pasos de Monzó, y cómo su mano palmeaba la grupa del animal y se posaba delicadamente sobre su cintura. Se dejó caer sobre él como un pájaro que se tira de un árbol, que salta de su rama sombría a otra soleada. Cuando quiso darse cuenta, volvía a estar, como aquella primera vez, entre el cuerpo de Monzó y el del caballo. Monzó la había bajado de la montura con la facilidad del que toma de lo alto del armario un cesto de frutas y lo pone en el centro de la mesa, y se inclinó sobre ella y, como el que toma la fruta elegida, la besó por segunda vez. Cuando se separaron, los ojos de Monzó eran pequeños mundos de ardiente luz. Su ser flotaba en esa luz diciéndole al de ella, ¿puedo coger más? Y allí estaba ella, el temblor de sus labios, ofreciéndole de nuevo su boca como respuesta. Volvieron a besarse. Luego, fueron al río. Se detenían cada poco y se besaban una y otra vez. No le parecía estar haciendo nada malo, a pesar de que sus bocas cada vez se mostraban más atrevidas e inquietas. Era, antes bien, como si se hubieran encontrado entre los árboles con un banquete, y todos los alimentos estuvieran sobre la mesa sin que los invitados hubieran llegado. No tenían ningún derecho a estar allí y, sin embargo, era como si algo les dijera que podían quedarse y comer de aquella mesa, porque a los dueños del banquete no les importaría. Mientras lo pensaba, sintió un pequeño y extraño escalofrío. Todo aquello le parecía tan extraordinario que le extrañó que las ramas de los árboles, el agua del río, las nubes del cielo, no respondieran de una forma más clara a su felicidad. Hacía mucho calor, y sobre la superficie del agua el polvo se acumulaba como si fuera nata. Se sentaron en un tronco. Ninguno de los dos decía nada. Monzó se mostraba cada vez más impetuoso y ella sentía aquel olor a manzanas, humo de chimenea y sudor, que la había subyugado la primera vez. Adela llevaba un vestido muy corto, de muselina blanca, siguiendo la moda de entonces, en que reinaba el charlestón. Una época verdaderamente loca, en la que las mujeres habían descubierto que podían hacer lo que querían, y muy pronto las manos de Monzó jugaban libres bajo su vestido. Nunca nadie la había tocado así, con aquella mezcla de lentitud y atrevimiento, como si conociera todo su cuerpo mejor aún que ella misma. Bueno, las mujeres que se dejan andar por debajo del vestido ya saben a lo que se exponen, y no deberían extrañarse de lo que viene después. Aunque en estos asuntos más vale no mezclar ni la dignidad ni la vergüenza. Al fin y al cabo, ellas no ignoran que sus madres han hecho igual, ni que sus hijas antes o después darán en lo mismo, o que, a su alrededor, sus hermanas, sus primas, sus amigas no sueñan en otra cosa. ¿Para qué, si no, existirían los sexos distintos, para qué el amor que les hacía buscarse? Ah, el amor, el amor... Menudo cepo, menuda engañifa, menudo gran y soberano fraude. Y, sin embargo, allí estaba triunfante, lleno de luz, y en apariencia siempre nuevo, después de miles de años de promesas incumplidas y de anunciados desastres. Había producido más víctimas que las guerras, más daño que los tornados, más delirios que las fiebres palúdicas, más rencor que la usura, más horror que la misma muerte. Y aun así, por allí andaban todos y todas buscando sus dudosos favores, sus sabios venenos, sus mentiras fervientes. ¿Se podía evitar? No, no se podía. Una lucha dulce, un tierno arrebato, una herida que destilaba miel, el acceso a tesoros que no podían ser nuestros, un mundo lleno de huevos y de pequeñas larvas prometiendo antenas, aletas, secreciones, la mezcla de ojos y cartílagos innumerables. Y en esto no éramos distintos al resto de las criaturas del mundo, a las ranas y a las libélulas, los perros y los caballos, a los pequeños roedores y las silenciosas culebras, que todos buscaban eso y sólo eso, y cuando lo habían logrado volvían a quererlo otra vez, sin experimentar cansancio o hartazgo, que apenas se habían recuperado de uno de aquellos excesos ya estaban entregados de nuevo a ese intercambio de células y delicadas mucosidades, de temblores y de hondos suspiros. Pero, una vez más —precisó doña Manolita—, no tratemos de correr más que el aire de esos suspiros. Adela y Monzó perdieron sin duda la vergüenza, pero esa tarde, al menos mi prima, no llegó a perder el honor, aunque es probable que nada hubiera deseado más. Y para evitarlo aparecieron los mosquitos. Bueno, nuestro pueblo es tierra de mosquitos. Los de aquí no nos damos cuenta, porque estamos acostumbrados a ellos desde pequeños y terminamos inmunizándonos a su veneno, mas para los forasteros es bien distinto. Y eso le pasó a Monzó, que absorto como estaba en los ojales, corchetes, cintas y minúsculos pliegues de las ropas de mi prima, no reparó en que a esas horas de la tarde, y en la orilla del río, los mosquitos vuelan a millares buscando la sangre de los pobres incautos. Y que todos iban a parar a él, a pesar de que el cuerpo y la piel de Adela eran infinitamente más apetecibles y codiciables a los ojos de cualquiera, que los mosquitos tienen sus propias inclinaciones, y el bocado nuevo y desconocido esta vez era el suyo. El caso es que la inquietud de Monzó fue en aumento, y mi prima no sabía muy bien a qué atribuirla, pues su amante pasaba de instantes de rapto absoluto, en que cada uno de sus gestos tenía sobre su piel la precisión de los relojeros y de los desactivadores de bombas, a otros en que le veía manotear a un lado y a otro sin que al principio pudiera entender la razón. Una razón de la que él mismo no fue consciente hasta que, agobiado por la nube de irritantes insectos, tuvo que pedir a mi prima que se fueran de allí. Ya era demasiado tarde. A esas horas, y por efecto de las picaduras, el cuerpo le ardía como si tuviera fiebre, ya que su incontinencia al rascarse había hecho que el veneno se extendiera bajo su piel de forma que, cuando volvieron al coche, estaba lleno de ronchones, y no le quedaban demasiadas ganas de continuar con sus dulces coloquios. No, no parecía ser del cielo ensimismado de los amantes de donde procedía, sino de uno de esos círculos malignos en que Dante había cifrado la construcción de su Infierno, que estoy segura de que si, en vez de en la plácida Toscana, el gran poeta florentino hubiera nacido en Medina de Rioseco, sin duda habría incluido el ataque que sufrían los lujuriosos por parte de los mosquitos como uno de los hechos centrales en su mundo de horripilación y ejemplaridad. Dos amantes abrazados y los mosquitos llenándoles de repentinos picores que les obligaban a sustituir sus caricias por un rascarse sin fin. ¿Había manera más hiriente de burlarse de las dulces urgencias del amor? El caso es que Monzó, al día siguiente, se presentó en la fábrica lleno de ronchones y, cuando le preguntaban, él respondía que se había quedado dormido a la orilla del río y que, al despertarse, se había encontrado así. Todos sonreían intuyendo la verdadera causa de aquellas escapadas al río, aunque todavía no pudieran relacionarlas con mi prima. Pronto estarían haciéndolo, pues en el pueblo durante las semanas siguientes no se hablaría de otra cosa. Que a partir de ese día empezó a vérseles juntos a todas las horas, ya que cuando no era Monzó el que se presentaba en el pueblo a buscarla, era ella misma la que conducía su caballo a lugares fijados previamente, en que Monzó la estaba esperando en su coche, y salían disparados en cualquier dirección, devorando los kilómetros con aquella máquina que parecía hecha a la medida de su voracidad y de sus apetitos veloces. Y enseguida empezaron las murmuraciones. Se decía que un pastor había visto el coche detenido en la orilla rumorosa, con los cristales cubiertos por una sábana, y había escuchado al acercarse un rumor como de raíces, o que uno del pueblo les había sorprendido en Valladolid, entrando abrazados en un hotel, o se hablaba de sus baños solitarios en el aljibe de doña María Paz, a la que Monzó, según el comentario general, llegaba a pagar fuertes sumas de dinero para que lo mantuviera cerrado mientras ellos estaban allí. Fue entonces cuando Monzó hizo a mi prima aquella serie de dibujos en que aparece desnuda en el agua. Bocetos para el cuadro que nunca llegaría a pintar. Tomás Araujo vino a pedírmelos una tarde, y yo no pude negarme a entregárselo, porque era Adela quien le había dicho que existían y que los tenía yo. Aunque me guardé el que conocéis. Mi prima está flotando boca arriba en el agua. Su melena roja se extiende a su espalda y sus piernas, levemente flexionadas, terminan en dos colas cuya transparencia las hace confundirse con el agua. Adela, la sirena del canal. La sirena que también habría de quedarse sin voz para seguir a su apuesto forastero. Alguien que, como había sucedido en el cuento, como casi siempre sucedía en la vida real, valía mucho menos que su inquieta y frágil enamorada, porque los hombres, por lo general, valen mucho menos que las mujeres. ¡Pobres mujeres! Ágiles pero fáciles de atrapar, hechas para la captura y el desdén. Creo que esa sangre que expulsan cada mes termina por volverlas locas. Les sucede desde que son unas niñas y descubren esa herida en sus cuerpos. Sin embargo, la causa de su locura no es el dolor, ni las incomodidades y humillaciones que tienen que sufrir, sino la espera a que por su causa se ven obligadas. Una espera que les hace creer que esa sangre que pierden no es daño y fin, sino principio. No el lugar de la muerte, sino donde se formula una promesa. La promesa de algo que tiene que nacer. Por eso la vida se les va entre blancos apósitos, macetas y suspiros de amor, siempre a la espera de que se cumplan esas promesas. ¿No era el nacimiento mismo una herida? ¿No estaban heridos los bebés, los cachorros de los animales, no lo estaba el agua que goteaba en las grutas, el grano que caía en la tierra? Eso piensan todas las mujeres, que su herida guarda las promesas de otro cuerpo, un cuerpo oculto, infinitamente más dulce y atrevido que el suyo, y sólo viven tratando de encontrar la manera de hacerlo aparecer en el mundo. Creo que la tragedia de Adela fue no querer renunciar a ese cuerpo. Estar cerca de lo que nace, ¿no es, en definitiva, el único deseo de todas las mujeres del mundo? Mi prima lo intentó sin descanso y no obtuvo sino fracasos. Fracasó con Monzó, que nunca entendió su vehemencia, ni la intensidad de su entrega, y que terminaría por huir de su lado, aunque marcado para siempre por la acción terrible que le obligaría a realizar. Fracasó con Tomás Araujo, que la amó hasta el fin, con un amor infinitamente más hondo y sincero, y al que también arrastraría a su ruina. Y fracasó ante sí misma, que no se libraría de la catástrofe general. Adela jamás tuvo naturaleza de superviviente, amaba demasiado a la vida para no saber que ésta, muchas veces, lo que nos exige es nuestro propio sacrificio.

Doña Manolita interrumpió entonces su relato y se les quedó mirando con una expresión inteligente y resignada, como si les estuviera diciendo que la misión de las palabras no era desvelar los secretos sino guardarlos y hacerles justicia. Que era preciso encontrar el modo de esconder la sabiduría como si fuera una piedra preciosa, ocultar sus fuentes y hacerla difícil de descubrir, de modo que pudiera ser realmente apreciada por el buscador que lleva tiempo queriendo pagar su verdadero precio.

—Mi prima —continuaba— venía a verme, y hablábamos y nos reíamos sin descanso. Yo era su confidente, pero jamás habría podido mudar su naturaleza apasionada. Y puedo aseguraros que lo intenté con todas mis fuerzas. Entonces, yo vivía en Valladolid. Adela venía a verme cada semana y, desde que traspasaba el umbral de la puerta, no dejaba de hablar. Fue ella la que me contó todo lo que había sucedido durante la celebración de la fiesta de la harina, cuando subió el caballo a casa de Tomás, y aquella escena en el palomar, en que por fin sus labios y los de Monzó se unieron fatal y placenteramente. ¡Ojalá eso no hubiera sucedido nunca, y Adela, al ver aquel cordón que volaba por encima de la tapia de la huerta, hubiera apartado la vista y pasado de largo! Un día vinieron juntos a mi casa. Les di de merendar y estuvimos hablando hasta el atardecer. Mi prima estaba radiante, y Monzó, a pesar de ser un hombre divertido y educado, no me gustó. Pertenecía a un tipo de personajes que desempeñarían un papel dominante en la cultura española de entonces. Personajes obsesionados por el triunfo y el ascenso social. Enseguida me di cuenta de que era un hombre débil, incapaz de experimentar en sí mismo la desventura e infelicidad de los otros. Todo lo contrario que Tomás Araujo, que poseía esa cualidad sobresaliente que le hacía capaz de comprenderse a sí mismo y, cuando la ocasión lo requería, reconocer la pobreza de su sustancia moral. Tomás pertenecía a una generación que aún sentía el peso de los viejos valores y que siempre vivió moralmente desgarrado por el problema de intentar vivir de acuerdo con ellos. Nada de eso interesaba a Monzó, sólo obsesionado por un mundo de satisfacciones inmediatas y por su propio ascenso social. Mi prima oscilaba entre ambos. Su fuerte idealismo le hacía ver el amor mismo como una función del deseo humano de enmendar las imperfecciones de la naturaleza; pero su corazón apasionado le decía que la naturaleza, lejos de ser menos perfecta que el ideal, constituía la única fuente de placer verdadero. Se identificó con Monzó, pues también amaba el placer, y el juego terminó en tragedia, pues a Adela el espectáculo que de verdad la fascinaba era el espectáculo de la vida. Y en este terreno no estaba dispuesta a retroceder. Debió hacerlo, pero supongo que habría sido como pedir a un manzano que no diera manzanas. Recuerdo que, después de aquella primera visita, vino a verme toda nerviosa para preguntarme qué me había parecido Monzó. Fui sincera con ella, y le dije que me parecía el hombre perfecto para pasar con él unas vacaciones, pero que, para casarse, era mejor Tomás. Y me acordé del colegio y de sor Virginie, que era una monja francesa que nos daba consejos sobre cómo identificar al hombre de nuestra vida. Aún recuerdo las cosas que, según ella, eran imprescindibles. La primera, y más importante de todas, que estuviera locamente enamorado de ti. Nosotras protestábamos porque nos parecía que la primera razón no tenía que ser que nos amara locamente, sino ser nosotras las que le amáramos hasta el punto de estar dispuestas a morir por él. Y sor Virginie movía la cabeza negando. No, no, nos decía, el matrimonio era un proyecto, una obra de contabilidad. Y ese primer mandamiento era sin duda el único irrenunciable, pues hacía que fuera la mujer quien llevara las riendas. Lo que era sumamente importante, pues los hombres eran como cáscaras de nuez y se iban detrás de lo primero que se movía. Adela, convencida de los poderes mágicos del amor y de la superioridad de los principios del corazón, jamás habría podido aceptar los mandamientos de sor Virginie. Creo que le molestó mi sinceridad y, de hecho, no volvió por casa hasta tres meses después. Cuando lo hizo, ya nada tenía remedio. Aunque debo reconocer que el final de la historia superó con creces mis predicciones más pesimistas.

21

—Ven, que te voy a enseñar algo.

Entraron en el cine OMY. Santiago había conseguido que su tío le dejara las llaves, y la puerta crujió cuando la empujaron. Llevaba siete años cerrado y el vestíbulo estaba lleno de polvo. Era la primera salida de Juan, después de tres días de absoluta reclusión en la cama.

—Si te encuentras mal, lo dejamos para otro día.

—No, de verdad. Estoy bien. Además, a lo mejor no hay más días.

—¿Qué quieres decir?

—Que no puedo quedarme indefinidamente.

—Claro, tus obligaciones...

Cruzaron el vestíbulo y subieron por las escaleras, en dirección al cuartucho del proyectista. Las contraventanas ajustaban mal y la luz entraba por los resquicios iluminando el polvo en suspensión. Parecía un bosque de luz. A Juan le pareció que en ese bosque estaban contenidas todas las películas que habían visto. Las imágenes dormían en los granos minúsculos del polvo, y la luz las hacía despertar y vivir otra vez. Cuando interrumpía uno de esos rayos, le parecía recibir en su propio cuerpo el bullicio de aquellas imágenes amadas.

Entraron en el cuarto del proyector, que estaba igual que cuando lo visitaban de niños. El proyeccionista era tío de Santiago, y con frecuencia subían a acompañarle. No sólo eso, sino que les dejaba a cargo de la proyección mientras él, que se aburría de ver todos los días varias veces las mismas películas, iba a hacer algún recado o a beber un vaso de vino a los bares cercanos. En ningún otro sitio eran más felices que en aquel pequeño cuarto. Se asomaban a la pequeña abertura del proyector, y veían la lejana pantalla y las cabezas de los espectadores. Santiago miraba de reojo a Aurora y a Juan, que estaban embelesados por la magia de la proyección. Sus rostros se iluminaban y ensombrecían siguiendo el ritmo de las oscilaciones de aquel haz de luz que parecía vivir por su cuenta.

—El día que enterramos a Aurora —continuó Santiago— vine al cine y encendí el proyector. No creía que fuera a funcionar, pero las lámparas estaban intactas y, al ver la luz que estallaba por todos los lados, me puse a llorar desconsoladamente. No podía soportar la idea de haberla dejado allí sola, metida en aquel nicho, con el miedo que ella tenía a los cementerios. ¿Recuerdas cuando pasaron *La noche de los muertos vivientes*? No pudo resistirla y salió escopetada del cine antes de que terminara. La encontramos esperándonos a la salida. El miedo había sido tan grande que, sin darse cuenta, había perdido en el cine uno de sus zapatos. Tuvimos que entrar a buscarlo nosotros, porque ella no quería hacerlo ni a tiros. Pensaba que uno de aquellos difuntos podía haber abandonado la pantalla y estar esperándola detrás de las butacas dispuesto a devorarla.

—Lo pasaba fatal con aquellas películas de terror, pero no se perdía ni una.

—Yo llevaba el zapato e hice ademán de ir a agacharme para ponérselo, pero ella te estaba mirando a ti. Te lo di para que se lo pusieras y, a punto de echarme a llorar, me escapé a todo correr. Luego me fuisteis a buscar a la ferretería, y Aurora, que se había dado cuenta de todo, se empeñó en llevarnos al Hostal, para invitarnos a un refresco.

Hacía calor y el aire estaba quieto. Los mosquitos sobrevolaban los jardines del Castillo y del Parque del Duque de Osuna como pequeños reactores, dispuestos a caer en bandadas asesinas sobre el primer incauto que se arriesgara a pasear por allí. Allí mismo estaba el Hostal. Germán, su dueño, se había gastado una fortuna en dotarle de todas las comodidades, y tenía grandes planes turísticos para la zona. En verano los vascos y cántabros buscaban los pueblos castellanos para gozar del clima seco y de los cielos eternamente despejados que raras veces podían disfrutar en sus ciudades y pueblos, y habían hecho de varios de ellos, entre los que destacaba Valencia de San Juan, pequeños emporios turísticos. Germán pensaba que Medina de Rioseco reunía unas condiciones semejantes, cuando no mejores, y que con unas instalaciones adecuadas podía conseguir que aquel turismo interior se desplazara hacia nuestro pueblo. Pero no tuvo en cuenta a los mosquitos. Se criaban por millones, en las charcas que se formaban entre el río y el canal, y espantaban a los pobres turistas que no podían soportar sus ataques. Germán iba de una institución a otra tratando de conseguir una solución, pero todo era inútil. Las campañas de fumigación, cuando se ponían en marcha, eran un fracaso, o resultaban sumamente costosas, y los pobres turistas aguantaban en el Hostal a lo sumo una noche. Pero a nosotros no nos hacían nada y Aurora se empeñó en sentarse en una de las mesas del jardín. Allí nos sirvieron los refrescos y las patatas fritas. Fue cuando vimos a aquella actriz.

—Sí, a Laura Moncada.

—Era muy joven. Estaba junto a la piscina, con una bata muy bonita, y estaba llorando. Ella no nos veía. De pronto se dio cuenta de nuestra presencia y se acercó a conocernos. Le debió de hacer gracia vernos tan serios, sentados en aquella mesa como esas personas mayores que se pasan aburridas las tardes en las terrazas de los bares. Y se sentó a nuestro lado tras pedirnos permiso. Hasta cogió una patata que dejó sobre la mesa mordisqueada. Se veía que la comida le daba asco, porque era muy desgraciada. De pronto rompió a llorar. Se tapaba el rostro con las manos. «Virgen mía, ayúdame —decía—, ayúdame.» Y, mientras tanto, los mosquitos acudían de todos los lados y se posaban en sus brazos y hombros, y se les veía crecer de tamaño con toda la sangre que chupaban, sin que ella hiciera nada por defenderse. Entonces, nos acarició la cabeza y regresó al Hostal. Un poco después vino el camarero a decirnos que no teníamos que pagar los refrescos porque la señorita nos había invitado. Al salir, vimos su coche, que estaba aparcado junto a la puerta del Hostal. Era un deportivo descapotable, de dos plazas, de color rojo, que parecía pensado para la felicidad. Al día siguiente regresamos para verlo de nuevo, pero el coche ya no estaba. Nos dijeron que la joven señora y su acompañante se habían ido esa mañana temprano. En el Hostal trabajaba Rosarito, que era la madrina de Aurora, y fuimos a tirarle de la lengua. Todos estaban al tanto de la extraña visita. Aquella señora tan hermosa había venido acompañada de un hombre. No salían del cuarto, y la segunda de las noches oyeron ruidos y lloros en su habitación. Estaban de incógnito, y no había querido ni decir cuáles eran sus nombres verdaderos. Pero Rosarito, que la había atendido en esos días, les dijo que tenía diecinueve años y que era una actriz que se llamaba Laura Moncada. También, que el hombre que la acompañaba no era su marido, y que algo fatal debía de unirles pues, a pesar de no ser en absoluto feliz a su lado, parecía depender de él hasta para vestirse.

—Sí, Laura Moncada. Fue una actriz de la que se habló mucho por un tiempo. Se parecía a Gene Tierney y, después de hacer dos o tres películas, desapareció por completo.

—Pero lo que no sabes es que vimos una de esas películas. Debió de ser dos o tres años después de tu marcha. Una tarde Aurora se presentó excitadísima en la ferretería, me cogió de la mano y me llevó casi arrastrándome hasta las puertas del cine. Me señaló los carteles y, en efecto, el rostro de aquella actriz era el de la señora que habíamos conocido en el Hostal. Con aquel resplandor en los ojos, a la vez melancólico y consolador, aquel pelo tan negro, y aquella piel tan blanca que los mosquitos habían devorado. Eso es lo que te quería enseñar.

Santiago abrió un viejo armario y extrajo un taco de los carteles que anunciaban las películas en el vestíbulo del cine. Miró entre ellos hasta dar con el que buscaba. Allí estaba Laura Moncada. Su rostro era el mismo que habían visto aquella tarde en el Hostal. Ocupaba prácticamente todo el cartel y expresaba una profunda tristeza. Una tristeza que el paisaje nevado del fondo y los copos de nieve que caían a su alrededor contribuían a hacer más decisiva y desoladora. Como si fuera el rostro de alguien que ya no pidiera ni esperara nada de nadie.

La película se titulaba *El amor puede esperar*.

—Fuimos a contárselo a Rosarito, y no se lo podía creer hasta que vio por sí misma los carteles. Esa tarde se vino con nosotros al cine, y la película nos encantó, a pesar de su final desolador. Estuvimos paseando hasta la dársena y Rosarito empezó a contarnos cosas de los tres días que Laura Moncada había pasado en el Hostal, cosas que no nos había contado antes. En ese tiempo apenas había salido de su cuarto. Su acompañante se fue después de la segunda noche y sólo volvió a aparecer cuando vino a buscarla para marcharse. Era un hombre guapo pero de expresión taciturna, casi feroz. Acostumbrado a hacerse obedecer sólo con la mirada. Todo lo contrario que ella, que era la criatura más delicada y hermosa que había visto nunca. Rosarito recordaba su equipaje, sobre todo su ropa interior, que le estuvo enseñando una tarde, y que era la más suave y bonita que había visto nunca. Una noche hubo una tormenta terrible y Laura Moncada, que estaba sola, se asustó tanto que fue a buscarla a su cuarto. Iba con un camisón muy corto y, a pesar de ser de noche, llevaba unas gafas oscuras que no se quiso quitar hasta que la luz estuvo apagada. Le preguntó si podía dormir a su lado y ella le dijo que sí. Se acostaron juntas y Laura se acurrucó contra su pecho, como una niña a la que han despertado las pesadillas. Incluso se estuvieron acariciando, las mejillas, los hombros, el pecho. No le parecía estar haciendo nada malo, porque aquellas caricias no buscaban nada. No era como cuando los hombres te tocaban, que siempre lo hacían para engañarte, para quitarte algo. Cuando se quedó dormida, ella se levantó a por una vela. La encendió y estuvo contemplando el rostro y los hombros desnudos de su compañera. Comprendió tanto la razón de no haberse querido quitar las gafas antes de apagar la luz, como de los gritos y lloros que habían llegado de su cuarto la noche anterior. Su amante la había pegado brutalmente, y uno de sus ojos y parte de su pómulo estaban amoratados. También vio las picaduras de los mosquitos. Su delicada piel estaba llena de ronchones, de los que sin embargo no se había quejado. Al lado de su dolor tan grande aquellas picaduras debían parecerle los roces insignificantes de las hojas.

—Los hombres somos patéticos.

—En aquella película había una escena que Aurora no olvidaría nunca, enseguida sabrás por qué. Se trataba de una película de amores desgraciados. La pareja queda atrapada por la nieve en una casa de la montaña leonesa, y viven un apasionado romance durante los días de forzado encierro. Cuando les rescatan, sin embargo, cada uno se va por su lado. Unos años después vuelven a encontrarse. A él le invitan a cenar en una casa donde, por una casualidad extraña, aquella muchacha trabaja de criada. Se reconocen mientras ella ayuda a servir la mesa. Durante todo ese tiempo la muchacha de la cabaña, que apenas se atreve a levantar los ojos para mirarle, mantiene su puño cerrado, como si guardara algo en la mano que no quería mostrar a nadie.

Él finge tener que ir al baño y aprovecha para correr en su busca. Le está esperando en el centro de la cocina, y sigue apretando el puño contra su pecho. ¿Qué tienes ahí?, le pregunta. Pero ella lleva el puño a su espalda y, en un rápido movimiento, se escabulle de la cocina. Apenas acaba de volver al comedor cuando oye el ruido de la puerta. Sabe que se trata de la muchacha y sale precipitadamente en su busca, porque acaba de comprender que ella aún continúa en aquella cabaña, aislada del mundo, y quiere pedirle perdón. Eso pasaba con la vida. Tejía sus telas de araña, y, mientras unos las esquivaban y lograban seguir adelante, otros quedaban atrapados en ellas. Tal vez porque en el fondo lo decidían así. Mientras persigue a la muchacha se pone a nevar. Nieva como lo había hecho los días en que estuvieron juntos en la cabaña, como lo hacía mientras se abrazaban temblando de deseo bajo las mantas. Por fin logra alcanzarla en un puente. La muchacha aprieta el puño contra su pecho, y él vuelve a preguntarle por lo que oculta. Llega a hacer incluso el ademán de cogerle la mano. Pero ella se aparta bruscamente encorvándose aún más sobre sí misma. De pronto se vuelve hacia él y, con una risa extraña, estremecedora, que no parece humana, abre su puño y le muestra… su mano vacía. Fuimos a ver la película todas las tardes. A Aurora esa escena la conmovía hasta las lágrimas. Cuando salíamos del cine, yo le pedía que me la explicara, pero ella me contestaba que no había nada que explicar. Y añadía, se limitaba a enseñarle su mano vacía.

—Bueno, es una respuesta de Aurora.

—Te cuento esto por algo que pasaría muchos años después. Justo la tarde antes de que decidiera acabar con su vida y con la de su sobrino.

—Fue una gran tontería, no debió hacer algo así. Ése era el problema de Aurora, quería que la vida se comportara como lo hace en las películas y en las novelas. Pero no es cierto que la vida se pueda contar, que quepa en ninguna historia. Pedimos a las historias la coherencia y el sentido que la vida no logra tener.

—Esa tarde —continuó Santiago— fue a la ferretería. Entró llevando en la silla a aquel niño enorme, que nunca llegaría a andar por sí solo y al que Aurora, que era una mujer extremadamente frágil, sin apenas fuerza muscular, arrastraba de un lado a otro en medio de un esfuerzo inaudito, y estuvimos hablando un rato. Estaba muy animada. Ya sabes lo seductora y locuaz que podía llegar a ser, como si fuera la primera vez que alguien se sirviera de las palabras en el mundo para referirse a sus sueños. De pronto dio un respingo y dijo que se tenía que ir. Nos dimos un beso de despedida, y la ayudé a sacar la silla de la tienda. Ya se había distanciado unos metros cuando se detuvo y se dio la vuelta. Yo estaba en la puerta mirándola y ella se encorvó al tiempo que apretaba el puño contra su pecho. Supe al instante que estaba imitando a Laura Moncada en la escena de la despedida. Y, en efecto, tal como aquel personaje había hecho en la película, Aurora tendió su puño y lo abrió lentamente, enseñándome su mano vacía. Yo me reí nervioso, percibiendo en ese gesto el mismo oculto significado que siempre había creído intuir en la escena de la película, a pesar de que Aurora se empeñaba en decirme que me equivocaba. Como si hubiera algo en ese gesto que pidiera ser completado, que exigiera de mí una respuesta que, sin embargo, no acertaba a formular. De hecho, me dejó tan inquieto que esa misma noche, cuando salí de la ferretería, fui a Cubero a comprarle aquellos abisinios que tanto le gustaban y se los llevé a su casa. Me abrió su hermano Eduardo, que me hizo pasar al comedor. Volvió poco después para decirme que Aurora estaba acostada. Le dolía mucho la cabeza, y se disculpaba por no salir. Dejé la bandeja de abisinios sobre la mesa de la cocina y Eduardo me acompañó hasta la puerta de la calle. Su rostro denotaba un gran cansancio, pero estaba extrañamente sereno. Ya en la puerta, me puso la mano sobre el hombro. «Todo esto es una mierda, ¿verdad?», murmuró. Salí de allí preguntándome lo que había querido decir. Puede que se refiriera a su pobre hijo, y a la vida que se veía obligado a llevar. Tal vez, al sacrificio de Aurora, que había tenido que renunciar a todo para atenderles. Tal vez, a su propia naturaleza. Una naturaleza que le hacía ver el mundo como un conflicto de contrarios, una guerra de todo contra todo, donde sólo el más fuerte tenía posibilidades de sobrevivir. Un laberinto de errores, una morada de fieras, un río de lágrimas, eso era el mundo para él.

—Santiago, ¿qué había entre ellos?

—¿Qué quieres decir?

—Lo sabes perfectamente. Quiero saber si ese cabrón se tiraba a su propia hermana.

—No lo sé, te lo juro. Aunque reconozco que más de una vez yo también me he preguntado lo mismo. Siempre hubo una relación extraña entre ellos, y sin duda recuerdas cómo la vigilaba cuando éramos niños y venía con nosotros al canal. También hizo lo posible para que Aurora no se fuera a Valladolid a estudiar, incluso llegó a encerrarla en casa el día en que se iba a matricular. Aurora le temía, pero también le amaba. Tenía un poder absoluto sobre ella, pero no me preguntes la razón ni si alguna vez pasó entre ellos lo que insinúas. Cuando vino al pueblo tras la muerte de Pepita Pizarro, su cuñada, parecía otra. Habían bastado unos años para transformarla en una persona más segura y autónoma. Se había hecho una mujer, capaz de elegir por su cuenta. Bastaron unos días, sin embargo, para que perdiera esa seguridad y volviera a ser la chica insegura y dependiente de siempre. Vino para asistir al entierro de su cuñada, y se quedó en casa de su hermano los cuatro años que aún le quedaban de vida. Recuerdo que fue a la ferretería a comunicarme su decisión. «¿Sabes una cosa?», me dijo. «Me voy a quedar en el pueblo.» Salí con ella y estuvimos tomando un refresco. Le supliqué que se fuera. Nadie podía exigirle que sacrificara su vida por la de su sobrino, y, si se quedaba en el pueblo y renunciaba a su carrera, cometería el error más grande de su vida. Tu hermano acabará contigo, le dije. Es especialista en demoliciones. Ella negó con la cabeza. «No, no hará eso», me contestó con una sonrisa triste. Y añadió: «Tú no lo conoces, ninguno lo conocéis».

—Menudo hijo de puta.

—Eduardo era así, supongo que no lo podía evitar. Era como un estómago necesitado de engullirse lo primero que caía a su alcance. Él, un gran estómago; y los demás, la comida. Me enteré de la muerte de Aurora porque empezaron a sonar las campanas de Santa María. La noticia se corrió como la pólvora, y fui volando a su casa. Estaban el juez y la Guardia Civil, y no me dejaron entrar en la habitación. Al pasar por la cocina, vi la bandeja de los abisinios. Aurora la había abierto y se había comido uno. No lo había hecho de cualquier manera, sino utilizando cuchillo y tenedor. Traté de imaginarme esa escena. A Aurora comiéndose poco a poco el abisinio, mientras pensaba en lo que iba a hacer. Prolongando unos minutos un momento que sería el último de su vida. Haciéndolo como si estuviera rodando la escena de una película. Una película que se confundía con su propia vida y a la que sólo ella, como dices tú, podía poner el verdadero final.

22

—Me pregunto lo que deben de sentir las mujeres cuando, después de una ruptura amorosa, vuelven a la casa en que tuvieron su hogar. Una casa en la que ya nadie les espera, y que guarda, sin embargo, por todos sus rincones los restos de esa vida común. Que es un museo de ausencias, un catálogo de desapariciones. Me pregunto lo que deben de sentir las pobres ante una catástrofe así. Una catástrofe comparable a la de despertarse una mañana y descubrir que han desaparecido las golondrinas, los geranios, o el humo de las chimeneas. No, no creas que he terminado de trastornarme. Pensamos que el mundo está hecho de una vez por todas, pero eso no es cierto. El mundo cambia con nosotros. Son nuestros gestos, la luz de esas lámparas que cargamos de un lado para otro, lo que le hacen vivir y cambiar. Cuando un hombre y una mujer se encuentran también lo hacen la luz de esas lámparas y todo lo que llevan con ellos, como sucede cuando en el desierto se encuentran dos caravanas. ¡Y cuánto pude amar yo la tímida y dulce caravana que siempre venía contigo! Tus animales, tus alfanjes, tus pequeños sirvientes, tu consejo de arquitectos, tu amor al fútbol, a las especias, a la música... ¿Puedes creerme que no he vuelto a escuchar los discos que me regalaste? ¿Para qué iba a hacerlo si me basta con verlos en su funda para que no pueda dejar de llorar? El mundo era un lugar horrible, y me sentía condenada a un vagar sin fin, arrastrando unos camellos famélicos y unas tiendas cada vez más raídas y viejas. Reina de los Arrabales, Puerta de las Lágrimas, Arco de las Despedidas, Árbol sin Frutos, Virgen de los Escombros... ¿Cuánto tiempo viví entonando esas letanías? No puedo saberlo. Los días se me hacían eternos e incluso empecé a faltar a clase. Me pasaba el día encerrada en mi habitación de Villa Julia sólo pensando en ti. Me desesperaba no saber lo que hacías, dónde estabas, con quién. No, no eran celos, porque no pensaba en otras chicas, sino en lo triste que era no saber nada de ti. Lo triste que era, por ejemplo, que en esos momentos estuvieras sirviéndote azúcar en el café, y no poder ver el baile alegre de la cucharilla entre tus delicados dedos de dibujante. Eso era la tristeza, extrañarte, ignorarlo todo de ti. Luego, se murió mi cuñada y me vine al pueblo. Entonces fue aún peor. Era como si hubiera sido borrada del mapa una parte del mundo, con todas sus especies arbóreas, sus animales, sus canales y sus casas. Sólo Santiago me ayudaba. De vez en cuando, venía a buscarme a la tienda. Dábamos un paseo con el niño, y en alguna ocasión íbamos juntos a ver alguna película. Habían cerrado el cine OMY, y nos acordábamos del tiempo en que su tío trabajaba de proyeccionista y entrábamos gratis. De lo felices que habíamos sido en aquel cuartucho, viendo las películas por la pequeña tronera del proyector. También nos llegaban noticias de tus éxitos. Yo las recortaba y las pegaba en un pequeño álbum. Estábamos orgullosos de ti, y llegaba a aprenderme de memoria frases enteras de aquellos artículos. Luego era mucho peor, porque no entendía tu silencio. Recuerdo que una vez estuviste en Salamanca, dando una conferencia en la universidad, y que, al leer la noticia en el periódico, me llevé un berrinche monumental.

—Fue mi tercera negación.

—Lo suponía. Aquel dinero era tuyo, ¿verdad?

—Sí.

—¿Por qué no me esperaste?

—Lo intenté. Me detuve en el pueblo con intención de verte, incluso llegué a pasarme por tu casa, pero no estabas. De pronto me entró el pánico. ¿Qué te iba a decir cuando vinieras?

—Y no se te ocurrió otra cosa que dejar aquel sobre con dinero, y escapar como alma que lleva el diablo.

—Quería ayudarte, pero no sabía cómo.

—¿Sabes lo que hice con el dinero? No tenía pruebas, pero, claro, enseguida sospeché de ti. Llegué a buscarte por las calles del pueblo. No podía entender que, después de tantos años, no hubieras sido capaz de tener un poco de paciencia y de esperar mi regreso. Pero, luego, me vi reflejada en uno de los escaparates y cambié de idea. Me encontré tan fea y tan mal vestida, tan vulgar, que casi me alegré de que te hubieras ido sin verme. Entonces llevé el dinero a la Caja de Ahorros, y lo ingresé en la cuenta de Luisín. En eso consiste el arte de la vida, me dije, en limitarte a aceptar lo que te quieran dar. Al llegar a casa, Luisín estaba fuera de sí porque con tanto ajetreo se nos había pasado la hora de la comida. Estuve preparándosela y le di de comer. Tienes que portarte bien, le decía, ahora eres un niño millonario. Y, entre cucharada y cucharada, me puse a contarle cómo había sido el tiempo de nuestro amor. Daba palmadas, saltos, le hacía cosquillas, porque me gustaba hacerle reír mientras le contaba las cosas. Era el perfecto oyente, escuchaba sin entender, sin juzgar. Justo lo que necesitaba. Le hablé de cuando ibas a Villa Julia y nos las arreglábamos para acariciarnos sin que don Nazario se diera cuenta, o de cómo alguna tarde te subí a escondidas a mi cuarto. De aquella vez, por ejemplo, en que, cuando estábamos desnudos, me cubriste el cuerpo con harina como si yo fuera la señorita Adela y tú el ingeniero catalán, y volvieran a tener lugar en el mundo sus ardientes amores. Bueno, no te lo tomes a mal. Ya sé que tú no podías ser Monzó, porque eras compasivo y dulce, y no uno de esos hombres superfluos que tanto aparecían en aquellos novelones rusos que Santiago y yo devoraríamos más tarde. Aunque, bien mirado, ni nuestro destino ni nuestros amores fueron tan distintos a los suyos. Puede que tenga que ser así, y que los hombres y las mujeres, como doña Manolita no se cansaba de repetirnos, estén condenados a hacerse daño. ¿Te acuerdas de lo que nos decía de los tesoros? El problema no era encontrarlos sino cómo traerlos al mundo. ¿No era siempre a su alrededor donde había más desesperación y dolor? Eso pasaba con el sexo, prometía algo, un resto de paraíso, de otra naturaleza que, sin embargo, no cabía en el mundo. ¿Estaban por eso condenados todos los amantes a fracasar? Eso decía doña Manolita, que los hombres y las mujeres habían nacido para vivir separados. No podía ser de otra forma. Sus abrazos parecían romper esa ley, pero sólo durante el breve tiempo de su delirio. Luego, cada uno tenía que regresar derrotado a su desemejanza. Recuerdo que me hiciste tumbar en la cama, y que empezaste a cubrirme con la harina. Y que yo pensaba en aquella fiesta tan remota, en la hermosa locura de la señorita Adela y de todas sus damas de honor, pero también en lo horrorosamente mal que había terminado todo. No, me decía con los ojos cerrados, concentrada en el roce suave de tus manos mientras extendían la harina sobre mi piel, a nosotros no nos sucederá. Pero ya ves lo que pasó. ¿Es lo que pasa siempre? Nunca nadie me había acariciado con aquella lentitud, con aquel delicado dominio. Era como si me hubiera quedado dormida a la orilla de un lago, y de pronto un hermoso animal me estuviera cubriendo con su cuerpo y sus alas. ¿Quién era ese animal? ¿Por qué se demoraba de aquella forma ante una pobre muchacha ignorante? ¿Cómo era posible que, a la manera del más atento de los amantes, conociera todos sus secretos y lo que tenía que hacer para enloquecerla de placer? ¡Qué dulce era recibir esas caricias, que se prolongaran sin límite, haciendo de nuestros cuerpos abrazados la suma de todos los cuerpos que existían! ¡Que fuéramos peces, cisnes, serpientes, caracoles babosos, flamencos de plumas rosadas, ansiosos hipopótamos! Pero estos recuerdos no hacían sino dañarme, pues enseguida tenía que vérmelas con mi terrible soledad de entonces. Salía a la puerta de mi casa y todo me daba envidia, las madres que llevaban en sus cochecitos a sus niños normales, las parejas que buscaban los rincones más apartados para abrazarse, las ovejas que avanzaban en sus rebaños temblorosos, los perros que se ladraban en la noche. Les envidiaba porque cada uno de ellos podía sentir el olor y la proximidad de los otros como una promesa de identidad y de vida. Sólo yo no tenía a nadie, vivía separada, rota, sólo a mí me faltaban los rebaños y las bandadas, el corro de las manos y el banco de las aletas y de las colas. No me fue fácil acostumbrarme a esa soledad. Pensaba en nosotros y en los días en que habíamos sido felices, y no podía soportar la idea de que no te fuera a ver nunca, y que ya para siempre tuviera que permanecer junto a Luisín, condenada eternamente a atenderle, a ocuparme de lavarle y de quitarle las cacas, de prepararle aquellas papillas que devoraba sin cansarse, y con las que en ocasiones se atragantaba poniéndome perdida. Pero iba a cambiarme, y enseguida estaba de nuevo con la cuchara en la mano, dispuesta a terminar de darle de comer, pues si se quedaba con hambre luego lloraba como los becerros, y bien mirado no me sentía tan mal. Bueno, me decía, te ha tocado a ti, eso es todo. Alguien se tenía que ocupar de él. No vamos a tirarlo al río. Y, de pronto, pasaba de ser la más desesperada de las mujeres a ocuparme de todo aquello sin pesar y sin rabia, como si no tuviera corazón. ¿Y quién sino tú podía habérmelo robado? Como si mi corazón fuera un cofre y, después de cerrarlo, te hubieras alejado llevándote la llave. Y recuerdo que un día me pasó algo que te va a hacer reír, pero que a mí me hizo darme cuenta de una cosa muy importante. Entré en la cuadra a por huevos y, de pronto, tuve la sensación de que había entrado a robar. Una de las gallinas acababa de poner un huevo y estaba sentada sobre él, en la paja, como si se hubiera dado cuenta de mis intenciones y lo quisiera proteger. Metí la mano bajo su cuerpo y tomé aquel huevo. La gallina se quedó quieta, mirándome de una forma que a mí me pareció de una profunda desolación. Entonces pensé que aquel huevo tal vez tenía dentro el germen de un pollito, y me acordé de una cosa que me había pasado de pequeña. Una broma que me había gastado mi hermano Eduardo. Yo debía de tener unos seis años y una mañana Eduardo introdujo un huevo en mi cama y me hizo creer que lo había puesto yo mientras dormía. Aún lo estaba mirando cuando Eduardo me lo quitó de las manos, fue a la cocina y lo cascó en un plato. «Ya tenemos el desayuno», murmuró. Recuerdo la extrema angustia con que asistí a todos aquellos acontecimientos. Al descubrimiento del huevo, y a la determinación de Eduardo al quitármelo, preparar la sartén y comérselo de desayuno. Naturalmente no me atreví a probarlo. También recuerdo que, a partir de ese momento, lo primero que hacía al despertarme era buscar con extremo cuidado entre las sábanas un nuevo huevo, pues nada me aterrorizaba más que aquello se pudiera repetir. Porque los huevos sólo los ponían los pájaros y las gallinas, y no los seres humanos; y porque encontrarlos en mi cama me obligaba a preguntarme si no contendrían un niño diminuto, con alitas y pico en vez de brazos y boca. Un niño que cuando se hiciera mayor quisiera irse a vivir con los pollos y las gallinas, porque ése era su verdadero mundo. El caso es que, al coger aquel huevo, volví a acordarme de aquella escena infantil y me pareció que no me lo podía llevar porque no era mío. Tampoco lo eran los que llevaba en la cesta. A lo mejor estaban llenos de vida, y yo la iba a truncar. Y me dio por pensar que todos nos robábamos, que la vida era un estar robándose incesantemente unos a otros. Pero también que eso no nos daba derecho a seguir haciendo lo mismo y a tratar a los demás de la misma forma que nos habían tratado a nosotros. De modo que no sólo devolví ese huevo a su dueña, sino que fui dejando los otros donde los había encontrado y terminé llorando en mi cama como una Magdalena. Pensaba en la señorita Adela y en que también ella había tenido que robar, aunque algo mucho más terrible, porque había sido la vida de una niña. Veía el campo de cebada, la pequeña ensenada junto al río y la tapia cubierta de zarzas. Monzó estaba cargando su rifle, mientras la señorita Adela, que había ido a colocar los blancos, descubría a la niña entre las espigas, atenta como un conejo. Enseguida se daba cuenta del peligro que corría pues, debido a las zarzas, su amante no la podría ver al disparar. Aun así, terminaba de colocar los botes y, con el corazón apresurado por la incertidumbre, regresaba junto a él sin advertirle del peligro, porque hacía sólo unas horas éste le había dicho que había terminado su trabajo y que se iba del pueblo, y ella quería vengarse. Y trataba de imaginarme los pensamientos de la señorita Adela mientras Monzó disparaba y lo que había sentido cuando, al escuchar el chillido de la niña, se echó a correr súbitamente tras su amante hacia el campo de cebada. Cómo fue para ella ese momento fatal en que se había decidido el resto de su vida.

23

—Sí, allí estaba la niña, silenciosa y escrutadora, como si acabara de descender de la copa de un árbol. Adela la vio detenida entre las espigas, con el mismo color de la cebada. Iba a decirle que se apartara, que estaban disparando a los botes que había sobre la tapia y que en ese lugar corría peligro, pero no lo hizo. Quería castigar a su amante, pues en ese tiempo en el corazón de mi prima ya se había instalado el rencor. Apenas habían transcurrido dos meses desde la noche del casino, pero parecían abarcar una vida completa. Una vida que, tal vez como expresión de aquella época loca en que el hombre se había lanzado a la conquista de la velocidad, había quemado sus etapas demasiado deprisa. No es bueno que sea así, porque el amor es la conquista de la lentitud. Todos los amantes del mundo deberían saberlo, ya que la continuidad de su unión depende en gran medida de que se ejerciten en ese arte único, el arte de la segregación de la seda y de la construcción de los nidos. Pero, en fin —continuó doña Manolita, fijando los ojos alternativamente en Aurora y en Juan—, vosotros sois aún demasiado pequeños para entender lo que digo, y más vale que tardéis en hacerlo. No deberíamos abandonar la infancia, o al menos no tan pronto. Los niños envidian a los adultos por creer que guardan secretos apasionantes que les abrirán a mundos y aventuras insospechadas. Desean crecer para tener acceso a tales secretos, pero, en el mejor de los casos, éstos se reducen a una caja de zapatos llena de fotos y cartas insípidas. Tal vez, por eso, a aquellas primeras semanas de apresurados encuentros y de dulces susurros de amor, les sucedió demasiado pronto el tiempo de los reproches y los desvelos. Ya sabéis lo que pienso, debieron administrar sus ganas. Traté de decírselo a mi prima una de las tardes que me visitó, pero no me hizo caso. El amor nos embriaga, nos hace sentirnos omnipotentes. Adela irradiaba una dicha contagiosa y, por toda respuesta, puso un disco en la gramola y me obligó a bailar con ella. Terminamos subidas en la mesa del comedor, zapateando y riendo sin descanso. ¿Cómo podía llevar la cordura a aquella cabecita llena de rizos y anhelos de libertad? ¿Acaso podía dirigirse a una vaquilla a la que le han puesto fuego en los cuernos? Yo no lo logré, desde luego, a pesar de intuir desde el principio que aquello terminaría de la peor manera posible. Claro que hasta mis predicciones más pesimistas se quedarían cortas, y el final sería aún más desastroso para el pueblo que la batalla del alto de Monclín, en que nos zurraron los ejércitos de Napoleón. No debieron iniciar aquella loca aventura, pero ¿quién puede poner freno a las ansias de los enamorados? Cuando quisieron darse cuenta ya era demasiado tarde. Sí, en esos primeros momentos, fueron demasiado ingenuos, demasiado puros, como si en vez de en el mundo hubieran vivido hasta entonces entre los campos de cebada. Como si hubiera sido aquel amor el que les hubiera hecho salir a las lindes del camino, a encontrarse con los pensamientos de los hombres. Tan ingenuos que ni siquiera repararon en que desde el primer momento hubo decenas de ojos espiándoles, y que muy pronto en el pueblo todo eran murmuraciones acerca de ellos. Una vez estuvieron fuera una semana. Llegaron hasta Fuenterrabía, y creo que fue el tiempo más dulce y pleno de su amor. También la gota que desbordó el vaso. Adela había hecho creer a Monzó que contaba con el permiso de su padre, ya que oficialmente habría ido a Fuenterrabía a visitar a una prima que pasaba el verano allí, y a su vuelta encontraron el pueblo revolucionado. Esa misma tarde se encontró con Tomás Araujo en el casino. Tomás le pidió una explicación, y se enzarzaron en una batalla de insultos que terminó con un desafío en toda regla. Bueno, eran otros tiempos, y otra clase de hombres. Tomás pertenecía a ellos. Una clase de hombres solitarios, que no lograban fundirse con el mundo. Hombres orgullosos, que habían sido educados para creer en el honor, en la discreción, en la soledad, en la palabra dada, y también en las mujeres que amaban. Tomás Araujo desafió a Monzó públicamente a un duelo y Monzó aceptó. Quedaron en encontrarse al amanecer en el canal. Las armas elegidas fueron las pistolas. Fue Tomás quien se encargó de llevarlas. Estaban a punto de disparar, cuando les detuvieron. Alguien había ido con el cuento a don Mariano y éste se lo hizo saber a las autoridades. Terminaron presos en el ayuntamiento. Don Mariano pidió verse a solas con Monzó, y de esa conversación salió el pacto por el que éste se comprometía a dejar en paz a mi prima. Dijeron que hubo por medio mucho dinero, pero yo no lo creo. En mi opinión, don Mariano se limitó a exigir al ingeniero que se fuera del pueblo tan pronto como concluyera su trabajo, lo que estaba a punto de suceder, pues la maquinaria que había venido a montar ya estaba funcionando casi a pleno rendimiento, y Monzó aceptó las condiciones sin rechistar. Supongo que se dio cuenta de que su futuro profesional podía quedar seriamente comprometido si todo aquello llegaba a saberse en Barcelona. Hizo sus cálculos y el resultado le aconsejó poner fin a su aventura. Puede, incluso, que fuera un alivio para él. Su relación con Adela no había sido más que un dulce pasatiempo, una hermosa conquista, y los últimos acontecimientos, especialmente su duelo con Araujo, le indicaban que al menor descuido podía escapar a su control. Bueno, mi prima era de esas mujeres que complican las cosas sin querer, porque siempre piden más. Había nacido para arder, para inflamarse, para volar decidida hacia el sol. No creo que Monzó tuviera demasiado interés en acompañarla en ese vuelo fatídico. Ya se sabe, la cera puede ser una materia adecuada para los sueños, pero su eficacia en la vida diurna es más que dudosa, salvo que queramos construir con ella velas para las iglesias. Monzó se fue esa misma tarde a Madrid, para completar su trabajo, y estuvo una semana fuera. Cuando volvió, traía aquel rifle. Acababa de comprarlo, y lo llevaba en el coche cuando Adela y él se encontraron. La invitó a subir y a dar un paseo y se fueron a la ermita de Castilviejo. Fue allí donde Monzó le anunció que se iba. Su trabajo en la fábrica terminaría esa misma semana y, cuando esto ocurriera, regresaría a Cataluña. A mi prima se le ocurrió preguntar que si para siempre, y él le contestó que sí. Era mejor que no se volvieran a ver. Habían sido muy felices juntos, pero todo aquello se había transformado en una locura y debían actuar como adultos. Además, siempre les quedarían los hermosos recuerdos de aquellos días. Adela lo escuchó sin parpadear. «¿Como amigos?», añadió Monzó tendiéndole su mano para que se la estrechara, y ella asintió con la cabeza, aunque no llegara a tomar esa mano por el temor de ir a echarse a llorar si la tocaba. Supongo que en los minutos que siguieron hizo todo lo posible por autoconvencerse de que era mejor que lo dejara marchar. Y lo logró, hasta que vio a la niña. Monzó le enseñó el rifle y decidieron probarlo en una tapia. Primero fue ella la que disparó sin éxito, pues no acertó ni una sola vez a los botes que Monzó había colocado como blanco. Los disparos chascaban contra el suelo y la tapia de piedra, como pequeñas brasas que se perdían en el interior de la tierra buscando el fuego líquido de su corazón fundido. Monzó tomó entonces el rifle y fue derribando los botes uno a uno. Se quedaba quieto un momento, apuntando, y el bote saltaba por los aires, como arrebatado por la fuerza de sus pensamientos. Me voy a ir, parecían decir esos pensamientos, nada logrará detenerme. Mi prima corrió a la tapia para colocarlos de nuevo, y entonces vio a la niña. Había una pequeña depresión del terreno, y las zarzas la cubrían por entero, de forma que desde donde disparaban no la podían ver. La niña estaba detenida en las lindes de un campo de cebada, y llevaba un vestido muy corto que dejaba al descubierto sus piernas. Era muy blanca, y su pelo era del mismo color que la cebada. Adela se dio cuenta de que estaba alineada con uno de los botes, y de que Monzó no podría disparar sin correr el riesgo de darla, pero no le dijo que se apartara. Tampoco se volvió para advertirle a su amante del peligro. Todavía, después de colocar el último bote, se volvió para mirar a la niña. No se había movido del sitio y la miraba fijamente, como si lo hubiera comprendido todo y aprobara su plan. Había llovido esa mañana y el aire era limpio y fresco. Las espigas y las pequeñas hierbas brillaban como un hogar en ascuas. Sintió lo que debe sentir un recién llegado, ese latido lento e intenso que resuena por todo el pecho como el batir del aire por un ala rápida. Muy cerca, junto a un almendro, había un burro. Estaba pastando, y ni siquiera levantó la cabeza cuando pasó a su lado. Era como si hubiera visto demasiadas cosas de los hombres, y a esas alturas de su vida ya nada que viniera de ellos pudiera extrañarle. Monzó estaba terminando de cargar el rifle. «Atiende», le dijo. Y empezó a disparar. Su puntería era excelente y uno a uno fue derribando los botes. Cuando le llegó el turno al de la niña, Adela no le detuvo. Entonces oyeron aquel leve quejido. No parecía la voz de una niña, sino el grito de un animal. El grito de los corderos lechales cuando se los arrebataban a sus madres para venderlos. Monzó se volvió interrogante buscando los ojos de mi prima. La miró como nunca antes lo había hecho, como si estuviera enseñándole su interior, su corazón viviente. Pero ella se limitó a encogerse de hombros, rechazando ese corazón que le ofrecía. Monzó corrió hacia la tapia, y Adela le vio saltar al otro lado. Cuando ella se asomó, entre las zarzas, no se veía nada, aunque entre la cebada había una mancha oscura, como si alguien la hubiera estado pisando. Monzó acababa de llegar allí, y le vio echarse las manos a la cara y caer de rodillas. Está bien, se dijo mi prima, sabiendo que su amante acababa de descubrir a la niña, vamos a ver el desastre. Monzó, en efecto, estaba junto a la niña. El disparo la había dado en su costado izquierdo, y una de sus piernecitas se movía de un lado a otro con pequeños espasmos. «Dios mío, Dios mío, qué he hecho», murmuraba Monzó sin dejar de sujetarse la cabeza. Corrió hacia la ermita, pero enseguida estaba de vuelta. No sabía qué hacer y trataba de encontrar una idea que le orientara en medio de la confusión. En ese instante la niña dejó de mover su pierna. La sangre le había manchado un poco el borde superior de su vestido, pero su expresión no era de dolor sino de una profunda calma. Estaba tumbada sobre las espigas y a Adela le pareció que estaba fingiendo, que las dos se habían puesto de acuerdo para castigar a Monzó. No, no estaba muerta, y estar a su lado en aquel lugar le pareció una gracia, un privilegio. Era como si a partir de entonces sólo pudieran comunicarse con gestos y señales que sólo ellas conocían. Monzó se precipitó sobre la niña y la cogió en sus brazos. «Tenemos que llevarla al hospital», murmuró dirigiéndose raudo hacia el coche. Sólo cuando se alejaron unos pasos, mi prima se decidió a seguirles. Veía la espalda de Monzó y las piernas de la niña colgando de sus brazos, oscilando en el aire con sus pasos como si se estuvieran burlando de él. «Ingeniero», pensó, «a ver qué haces ahora». Monzó había llegado al coche y se volvió inquieto a esperarla, pero ella ni siquiera aceleró su paso. No era su problema, y era él quien tenía que resolverlo. Aun así, recibió a la niña en su regazo y la cobijó contra su pecho, mientras Monzó conducía enloquecido su coche en dirección al hospital. Entonces se quedó mirando el rostro pálido de la niña, sus ojos limpios, desprendidos de la vida, como flores arrojadas desde una carroza en un desfile, y, por primera vez, se dio cuenta de que la niñez no era algo infinito sino un bien perecedero. También, de que habían hecho algo atroz que gravitaría fatalmente sobre el resto de sus vidas. Al llegar al hospital, los doctores no pudieron sino constatar la muerte de la niña. Monzó se puso a murmurar cosas incoherentes, mientras Adela contemplaba inexpresiva la escena. Trataba de no sentirse culpable de nada, ni de compadecerse de Monzó. Tampoco quería sentir pena de la niña. Además, ¿por qué iba a sentir pena de ella, de su perfección cuando la hallaron entre la cebada? Una de sus manos estaba abierta, y la otra celosamente escondida bajo su cintura, como si hubiera tomado un puñado de algo en secreto. Nunca serás así de hermosa, parecía decirle. Pero esa noche, en su casa, se despertó sobresaltada y se echó a llorar. El misterio que ella había sentido como un ciervo dorado y sin rumbo esperó hasta esa hora para pasar por delante de su ventana. Y ahora, cuando ya no quedaba nada, su cuerpo tembló por primera vez.

[illegible] ha pasado mucho tiempo, pero me acuerdo de aquellas conversaciones con [illegible] [illegible] [illegible] bra tuvo [illegible] de lo mucho. Vivía obsesionada con la idea de que había otras formas de vida, otros seres que escapaban a nuestro control, y [illegible] [illegible] brazos de [illegible] y ya no podía [illegible]

24

—Ha pasado mucho tiempo, pero aún recuerdo aquellas conversaciones con mi prima con la misma emoción con que entonces aguardaba a que se produjeran. Crecer es una lucha, envejecer es desprenderse de algo después de haberlo poseído. Sin embargo, las emociones no envejecen, y aún me basta con pensar en aquellos días para volver a escuchar el sonido del timbre de la puerta y verme a mí misma corriendo por el pasillo al encuentro de mi prima, para que mi corazón se llene de expectación y terrible solicitud. Mirad ahora este lugar. Estamos en la galería y la luz del atardecer se derrama sobre la mesa, iluminando las cosas. Todo parece hecho de una materia traslúcida. Las tazas, el agua de la jarra, nosotros mismos no somos sino vasijas para contener esa luz. Adela tenía esa facultad incomparable, la de absorber la luz que había en el mundo. Creo que fue una mujer excepcional, y este pueblo, como es lógico, no la podía satisfacer. Aunque en cualquier otro lugar de la tierra le habría sucedido lo mismo. Vivía obsesionada con la idea de que había otras formas de vida, formas secretas que escapaban a nuestro control, y que sólo era interesante y digno penetrar en los secretos mejor guardados. Creo que fue esa curiosidad, ese respeto casi reverencial por todo lo que de desconocido puede haber dentro de la vida humana, lo que la llevó a los brazos de Jordi Monzó, y a no poder aceptar su marcha. El episodio de la muerte de la niña, aunque ella nunca quiso reconocerlo, fue el comienzo de su fin, pues sin duda había traspasado ese límite que al hombre no le es dado traspasar sin poner en peligro su propio ser. Claro que en el pueblo apenas se enteraron de nada, pues enseguida se tendió sobre los hechos de la ermita un manto de silencio. Don Mariano convocó una reunión urgente en el casino, con las otras familias poderosas del pueblo, que, tras oír sus explicaciones, decidieron hacer causa común con él. La muerte de la niña era un lamentable accidente del que no cabía hacer responsable a nadie, pero que aconsejaba hacer desaparecer al ingeniero catalán. Localizaron a la familia de la niña muerta, y esta vez sí que hubo mucho dinero por medio para conseguir su silencio. Apenas dos días después, Monzó abandonaba el pueblo sin despedirse de nadie. Jamás regresaría, ni volveríamos a saber de él. Tampoco lo sabría mi prima, a la que no llegó a escribir una carta jamás. Fue como si desapareciera de la faz de la tierra, como si hubiera sido una mera construcción de su fantasía, una construcción para aliviar el tedio infinito de tantas tardes interminables. Adela fue enviada a Valladolid, a casa de una parienta suya, donde permanecería hasta el final del invierno. Venía a menudo a mi casa de la calle Miguel Íscar, y nos pasábamos tardes enteras hablando. No era, desde luego, la muchacha llena de vida que todos habíamos conocido y amado, pero aquellos acontecimientos la habían hecho madurar. Creo que había comprendido que el amor era un sentimiento arbitrario y unilateral, que no se regía por leyes conocidas, y que lo único posible era tratar de poner un poco de mesura en medio del sinsentido. Pobrecita, no sabía lo que la aguardaba. Mi prima era de esas personas que terminan llevando la desgracia por donde quiera que van, porque su amor no resulta beneficioso para nadie. Mientras tanto, Tomás Araujo venía a verla todas las semanas. Se habían comprometido oficialmente e iban a casarse esa misma primavera. Adela no quería vivir en el pueblo, que asociaba sin duda con hechos demasiados tristes, y buscaron piso en Valladolid. Lo fueron amueblando durante ese invierno. Dedicaban parte de su tiempo a ir de tiendas, y al atardecer paseaban por la ciudad. Formaban una pareja triste, cansada. Nada, por otra parte, nuevo en el mundo. Había muchas parejas así. Seres humanos como tantos otros que vagaban por la faz de la tierra, como bestias perdidas. Pero un día me contó algo a lo que sólo años después, con el desarrollo pleno de su locura, daría la importancia debida. Algo, por cierto, que sin duda estuvo relacionado con aquellas noticias aparecidas en *El Norte de Castilla* acerca de la presencia de un hombre misterioso en el canal, en la zona de Medina de Rioseco. Un hombre, vestido con una capa y un gran sombrero de ala ancha, que salía por las noches, y se movía por los alrededores del canal con la desenvoltura de los peces, llevando la inquietud y el temor a los pueblos de los alrededores. La extraña noticia ocupó varios sueltos en días sucesivos y sin duda Adela llegó a leerlos. Pues bien, apenas unos meses después, ya en pleno invierno, mi prima salió a pasear una noche. Era una noche de espesa niebla, tan frecuentes en los inviernos de aquella ciudad insana. Sin darse cuenta, reconfortada por el intenso frío y la humedad del aire, se acercó hasta la dársena del canal, que a esas horas, y en una noche como aquélla, estaba completamente vacía. Le gustaba ir a ese lugar, situado junto a la Fuente del Sol, porque le recordaba a la dársena de la Concha. De hecho, era el mismo canal. El Canal de Castilla, que nacía en Alar del Rey, se dividía, al llegar a El Serrón, en dos en ramales. Uno de ellos, el canal de Campos, seguía hasta Medina de Rioseco; y el otro, el canal Sur, hasta Valladolid. Eran pues el mismo canal, y a mi prima le gustaba caminar hasta allí, pues aquel ramal era en todo semejante al nuestro, y le traía recuerdos de su infancia y, sin duda, de la noche en que, tras el escándalo de la fiesta en el casino, unos cuantos jóvenes, entre los que estaban ella y Monzó, habían tomado al asalto una de aquellas barcazas y habían subido cauce arriba surcando sus aguas oleaginosas, como si se deslizaran por la noche estrellada. Vio a lo lejos una luz y decidió acercarse. La zona estaba llena de chopos cuyas ramas se agitaban de una forma sombría, con un ruido de oscuras semillas y de aguas subterráneas. Entonces vio a alguien entre las barcazas que transportaban la harina. Un hombre alto, silencioso. Vestido con una capa que casi le llegaba hasta el suelo, y un sombrero negro de ala ancha. Cerca había una casa que tenía en su puerta un farol. La luz del farol se reflejaba en la niebla, y la silueta del hombre se dibujaba como un agujero de oscuridad. Tenía el aspecto de estar esperando a alguien, de hacerlo a la sombra de un árbol negro. Adela tuvo miedo y empezó a alejarse de allí. De pronto, y detrás de ella, empezó a escuchar unos pasos. No el ruido de los zapatos, sino de unos pies descalzos sobre la tierra y la hierba. Alcanzó la carretera con el corazón latiendo atropelladamente en su pecho, y, al darse la vuelta, el desconocido ya no estaba allí, y por más que le buscó por los alrededores no logró dar con él. Mi prima me contó esto sin darle demasiada importancia. Es más, no me habló de aquel personaje misterioso con temor, sino con curiosidad, casi con gratitud. «Tuve el sentimiento de que estaba allí por mí», eso me dijo en la misma puerta, al despedirse de mí. No volvimos a hablar de aquello, pero varios años después, cuando empezó a hablar del ser desconocido, o, más tarde, del hombre pez, no pude sino acordarme de esa figura misteriosa del río y ver en ella una primera figuración de sus visiones. Porque nunca dudé de que se trataba de visiones de su fantasía, productos de una sensibilidad enferma, inducidas sin duda por las noticias del periódico. Así lo creí siempre, y así lo sigo creyendo. Visiones que se imponían a una conciencia demasiado excitada, procedentes de aquel mundo de dejaciones y de apuestas extremas en que se había transformado su vida. En mi opinión, Adela no pudo superar la muerte de la niña. Y la marcha de Monzó, que era el único que podía haberla ayudado en aquella tarea, terminó de destruirla. Se sintió sola, separada del resto de los hombres, con el convencimiento de que, después del paso que había dado, sólo podía seguir y seguir en la nueva dirección. Esta convicción la hizo aislarse, vivir en un mundo que se regía por sus propias y oscuras leyes, y donde nadie podía acudir en su ayuda. Tal vez esto no lo podáis entender vosotros, que pertenecéis por derecho propio a un siglo que ha hecho de la razón la única diosa que debe ser adorada. Pero nosotros aún pertenecíamos a otro tiempo, un tiempo en que la noche era la noche, y la oscuridad, la oscuridad. En que el verdadero misterio no estaba en uno mismo, sino en el exterior. En la noche inmensa, en las fuerzas naturales, en los océanos y en los desiertos interminables. Y sin duda Adela también pertenecía a un mundo así. Aún más, supongo que pensaba que con aquel acto terrible había desafiado los poderes oscuros de ese mundo y que, antes o después, tenía que pagar por ello. Recuerdo una tarde en que, después de haber estado juntas de compras, tratando de poner las cortinas a su nueva casa, estuvimos dando un paseo. Llegamos junto a un magnolio. Las flores colgaban vivas y grávidas como frutos, y ella se las quedó mirando. «Jamás seré así», me dijo. Yo le pregunté que a qué se refería. Y ella me contestó: «Como ese árbol». Nos sentamos en un banco y me confesó lo que había pasado con la niña. El juego con el rifle, y cómo no había hecho nada para evitar la tragedia. Tuvo la certeza de que si Monzó mataba a la niña estaría siempre bajo su poder. Reconozco que aquella confesión me dejó horrorizada. Me temblaban las piernas, y no sabía qué decir. La vida es más amplia de lo que creemos, me atreví a murmurar, tratando de llevar algún consuelo a su corazón arrasado. Su verdad más profunda no tiene por qué coincidir con los hechos reales. A lo que ella añadió: «Tampoco los sueños son lo que parecen». «¿Qué quieres decir?», le pregunté con un estremecimiento. Pero se limitó a sonreírme con condescendencia.

25

—¿Te acuerdas? Ningún sueño es totalmente un sueño. He recordado esta frase porque, poco después de tu marcha, tuve un sueño muy extraño que se me repetiría varias veces a lo largo del año. Un sueño que daría lugar a una extraña conversación con doña Manolita. Se lo conté una de aquellas tardes en que la iba a ver, y ella, después de escucharme atentamente, me preguntó si quería conocer su significado. Yo estaba muy nerviosa y me dio por ponerme a reír. Una risa histérica que de pronto no podía controlar, y que hizo que me atragantara con una pasta. Doña Manolita me sirvió un vaso de agua. «Bebe», me dijo. Esperó a que apurara la última gota y luego añadió: «Ese canal terminará por volvernos locos a todos». Dijo esto porque mi sueño tenía que ver con el canal. ¿Recuerdas? Doña Manolita tenía esa teoría. Aquel canal había traído la desgracia al pueblo, porque había infundido en sus habitantes el ansia de libertad, haciéndoles creer que era posible vivir de otra manera. No sólo eso, sino que gracias al canal aquellas tierras del interior habían estado comunicadas realmente con los océanos y los puertos del Norte y durante un tiempo llegaron a vivir en una atmósfera de alucinación en que todo parecía posible. No había nada más peligroso que un sueño que se realiza. Siempre era a costa de algo. Así había sucedido con el sueño de la Revolución Rusa, o con el de la Segunda República en España. Todos esos sueños habían terminado en la mayor de las catástrofes, porque eran construcciones demasiado frágiles, tal vez insostenibles en el mundo que conocíamos. Guardaban la memoria de la Torre de Babel. ¿Sabía yo por qué algunos hombres se habían empeñado en construir una Torre como aquélla? Porque habían probado las dulzuras de la vida y no querían renunciar a ellas. Ja, ja, ése era el único significado de la absurda empresa... En mi sueño yo paseaba por el canal. Te veía en la otra orilla y te hacía señas para que te volvieras. Pero no me hacías caso, porque estabas abstraído, hurgando con un palo en el tronco de un árbol. Volvía a llamarte, pero era inútil. Entonces me sentaba a esperar en la orilla, y descubría con el pie que el agua era como una gelatina espesa. ¿Podría soportar mi peso? Me ponía a andar por su superficie. Al principio con desconfianza, temiendo ir a hundirme con cada paso que daba, pero cada vez más decidida y desembarazada de temor. Mi felicidad era tan grande que empecé a llamarte de nuevo. Quería que me vieras andando sobre el agua, como hacían los zapateros, como había hecho Jesús en el lago de Galilea, pero tú seguías sin hacerme caso. Estabas a diez metros apenas, y no te dabas cuenta. Aún más, te cansabas de seguir hurgando en aquel agujero y te alejabas en dirección a la fábrica de harina. Todo lo que hacía para detenerte era inútil, y te veía alejarte por la orilla. Entonces se apoderaba de mí una tristeza devastadora. Llegaba a tumbarme en el agua, llena de desconsuelo, porque te habías ido sin ver el milagro. Y era así como me despertaba, con el rostro y la almohada empapada de tanto como había llorado en mi sueño. Recuerdo que, cuando le conté a doña Manolita este sueño, ella me dijo que significaba que te ibas a marchar. No le hice caso, pero apenas dos meses después, en efecto, te fuiste del pueblo sin decírmelo, y yo dejé de ir por casa de doña Manolita. Pensaba que tenía extraños poderes, que podía adivinar cosas que los demás no sabían, y tenía miedo de transformarme en objeto de esas adivinaciones. Le dije a mi hermano que prefería quedarme en la tienda, y contratamos a un chico para que llevara los pedidos. Fue él quien empezó a ir a casa de doña Manolita. Siempre venía con recados de su parte. Que quería que los pedidos se los llevara yo, y que, si no era así, la próxima vez ni siquiera abriría la puerta. Pero yo me negaba a hacerlo, porque me daba miedo visitarla si tú no me acompañabas. Hasta que una tarde en que paseaba con Santiago por delante de su casa, nos llamó desde el balcón. Subimos los dos juntos. Nos hizo pasar al comedor, donde me entregó un papel con el pedido de la semana. Pero luego, en la puerta, me puso la mano sobre el hombro y me dijo con una sonrisa: «Eres una traidora, ya no me vienes a ver». Doña Manolita se afilaba las cejas, que luego se pintaba con un lápiz negro. Había acercado su rostro al mío para decirme aquello y pude ver la línea levantada de sus cejas, la línea de los adultos que ansían algo. Y, acercándose a mi oído hasta casi tocarlo con sus labios, añadió: «Todos somos iguales». A doña Manolita le gustaba rodearse de misterio. Supongo que esperaba que volviera por allí para preguntarle por lo que había querido decirme, pero no lo hice. Tampoco volví a cambiar más palabras con ella. Una tarde vimos una ambulancia delante de la puerta de su casa, y cómo la sacaban en una camilla. Estaba tan delgada que apenas abultaba bajo la sábana. Recuerdo que su rostro se parecía a esos rostros gastados que se ven en las monedas antiguas. Podía haber sido encontrado bajo las hojas o en un agujero en la pared, mezclada con otras monedas, con rostros que venían de otro tiempo, de un mundo antiguo y perdido. Apenas dos días después, sonaban las campanas llamando a su funeral. Santiago y yo fuimos al cementerio. Era un día muy hermoso, y las lindes del camino estaban llenas de flores. Al llegar al cementerio, un negro enjambre de abejas pasó por el aire lanzando sobre las tumbas una sombra en forma de embudo, como un visitante llegado de ninguna parte, de otro planeta. Entonces me acordé de aquella frase acerca de que todos éramos iguales, y me pareció que lo que tal vez había querido decirme doña Manolita era que la historia de la señorita Adela era la de todos los amantes del mundo. Una historia atroz, es verdad, pero también llena de esperanza, en que se hablaba de esa antigua estirpe que había querido construir la Torre de Babel, la estirpe de los que habían probado las dulzuras de la vida y sólo vivían pendientes de encontrar la manera de volver a hacerlo. Aunque para lograrlo tuvieran que descender al corazón mismo del horror, como le había pasado a su prima. Por eso nunca pudo olvidar lo que sucedió en la ermita, cuando Monzó había disparado su rifle, y le bastaba con cerrar los ojos para ver de nuevo el rostro de la niña cuando iban en el coche hacia el hospital, porque a partir de entonces la vida sólo era concebible para ella sintiendo ese rostro sobre su pecho.

26

—Eso quería Adela, volver a ver como fuera ese rostro. Ella había llevado a la niña en sus brazos, y no podía olvidar su pequeño rostro reposando sobre su pecho, como si no perteneciera a nadie, como si no fuera siquiera el rostro de una niña, o un ser humano, sino de un río, una montaña, un animal que se ve detrás de la lluvia. Todos sus pensamientos y sus deseos tenían que ver con esa recuperación del recuerdo. Adela se dio cuenta de que ciertos recuerdos tenían el poder de elevarse sobre su propia naturaleza y ascender al cielo como constelaciones, y una de esas constelaciones estaba formada por los recuerdos de la ermita. Mi prima y Tomás Araujo se casaron en primavera, y se quedaron a vivir en Valladolid, en un piso que compraron en la calle Constitución. Yo vivía muy cerca, en la calle Miguel Íscar, y nos veíamos a menudo. Fueron unos meses de relativa tranquilidad y alegría para los dos. Viajaban con frecuencia, sobre todo a San Sebastián y al sur de Francia, y participaban activamente en la vida social del Valladolid de entonces. Pero pasaban los meses y mi Adela no se quedaba embarazada. Entonces empezaron a consultar a los médicos. Acudieron a los mejores especialistas y realizaron frecuentes viajes a Madrid, Barcelona y San Sebastián para lograrlo, pero todo fue inútil. En ese tiempo mi prima se pasaba casi diariamente por mi casa. Yo trataba de infundirle un poco de calma y cordura, pero ella no quería hablar de otra cosa que de aquel hijo que no lograba tener. Fue entonces cuando volvió a tener aquella visión, la del hombre misterioso que había visto a la orilla del canal. O, mejor dicho, cuando empezó a ver a los muertos. Una tarde, al regresar a casa, vio en el pasillo a un niño de unos diez años. En aquel tiempo se tenía la extraña costumbre de fotografiar a los muertos, y la foto de aquel niño, un hermano de su marido, estaba colgada en uno de los dormitorios. Iba vestido de monaguillo y reposaba sobre la camilla de la enfermería del colegio de los jesuitas, que era donde había muerto. Y mi prima le vio así en el pasillo, vestido de monaguillo. Sólo que estaba empapado, como si acabara de salir del río con la ropa puesta. Vio que a su lado había un rastro de humedad y mi prima siguió ese rastro hasta la puerta de uno de los dormitorios, donde, acostado en el suelo, en medio de un charco de agua, había un bebé. Un bebé que tampoco emitía sonido alguno, aunque agitara sus manitas y la mirara con extraña fijeza, como pidiéndola que le cogiera. Adela recordó que los padres de su marido habían perdido a dos niños el mismo día. Les llamaron del colegio diciéndoles que el mayor estaba muy grave, y cuando llegaron ya había muerto. Entonces cogieron el cadáver y se lo llevaron de allí, y a su regreso al pueblo comprobaron con espanto que también, en el mismo día, había muerto el pequeño de todos. Y al ver al bebé, mi prima supo que era ese segundo niño y se puso a gritar. Cuando corrieron a su encuentro, la hallaron desmayada en el suelo. A consecuencia de ese suceso tuvo unas fiebres muy extrañas que la obligaron a permanecer en la cama cerca de dos meses. Yo fui a verla porque ella me mandó llamar. Estaba muy pálida y me contó atropelladamente lo que le había pasado, la visión de los dos niños en el pasillo y, en los días siguientes, de dos mujeres desconocidas. Una de ellas muy joven, que siempre aparecía por las noches, andando por la galería; y otra de unos cincuenta años.

A ésta solía hallarla en la cocina cuando empezó a levantarse de la cama e iba a por agua o por algo de comer. Era muy baja, casi una enana, y en una de sus manos tenía seis dedos. Adela me habló atropelladamente de estos siniestros encuentros, y de cómo, además, cuando se producían, tenía la impresión de que el hombre del río estaba en la casa aunque no pudiera verle, porque siempre se las arreglaba para escabullirse cuando ella trataba de sorprenderle. Como si tuviera ese poder, el de hacerse obedecer por los muertos. Fui a verla otras veces, y no me volvió a hablar de sus visiones. Las atribuí a la fiebre, a los delirios de un cerebro agotado por la enfermedad y la tensión nerviosa. Adela era una mujer muy sensible y, sin duda, la presión a que había estado sometida durante los últimos meses, su desgraciado amor por el catalán y su trágico fin, había minado su resistencia haciendo que aquel mundo de delirios y fantasías invadiera el mundo real. Le aconsejé que se fuera con su marido de viaje, y me hicieron caso. Estuvieron dos meses viajando por Europa, y cuando regresaron parecía otra mujer. Había engordado y estaba muy guapa. Vino a casa cargada de regalos, y me habló largamente de todo lo que habían hecho. Sobre todo de París, que según ella era la ciudad más hermosa del mundo. Habían estado allí cerca de un mes y nunca había sido más feliz en ninguna parte. Me habló de los paseos en barco por el Sena, de las visitas al Louvre y a la catedral de Notre-Dame, de las mañanas en el mercado de la Place des Vosges, y de las terrazas nocturnas del barrio latino, y su ambiente bohemio, lleno de pintores, escritores y músicos de jazz. Conocieron a una pareja de americanos. Él era educado y tímido; y ella, una mujer encantadora. Parecían dos cómplices, unos gemelos que, cogidos de la mano, se enfrentaban al vasto mundo. Su problema era que bebían sin parar desde primeras horas de la mañana y a menudo estaban borrachos. Mi prima se hizo muy amiga de la mujer. Según ella, era la mujer más bella que había conocido nunca. Vestía con suma despreocupación y gusto, y siempre tenía en sus ojos un brillo de frenesí y locura. No vas a vivir siempre, parecían decir esos ojos cuando te los quedabas mirando. Una vez se encontraron a solas y estuvieron hablando en un café. La mujer se sinceró con ella. Le habló de su matrimonio, y de la locura en que habían caído a partir del temprano éxito de su marido. Trataban por todos los medios de poner fin a esa vida de fiestas, a ese deambular sin sentido de una ciudad a otra, pero todo era inútil. Su marido era de esa clase de personas que poseen una exaltada sensibilidad hacia las promesas de la vida, y al momento volvía a presentarse en su busca llevando en sus manos el sombrero del prestidigitador. ¿Qué otra cosa podían hacer sino sacar de él todo lo que podían? Recuerdo lo feliz que se sintió al hablarme de aquel viaje y de aquellos inolvidables encuentros con gentes de otros mundos, cosmopolitas y viajeros, y cómo yo misma la escuchaba llena de complacencia. Era como si hubiera dejado atrás, con sus tétricas visiones, el peligro de la desintegración y la locura. Pero, de pronto, y cuando ya nos estábamos despidiendo junto a la puerta, se volvió hacia mí y me dijo al oído: «Está en la casa». Yo le pregunté, con un temblor en las piernas, que de quién me hablaba; y ella me contestó que del hombre del canal. Me derrumbé por completo y todo lo que se me ocurrió hacer fue abrazarla con fuerza. Pobrecita, le decía, tienes que olvidarte de todo eso, nada de lo que imaginas es real. Pero ella me rechazó con energía. No, no, estaba allí. No se trataba de un delirio, sino que le sentía allí mismo, deambulando por la casa, aunque hasta entonces no hubiera llegado a verlo. No le resultaba fácil explicarlo. Estaba haciendo cualquier cosa, y de pronto sentía algo, el sonido de una respiración, una presión, que la hacía permanecer alerta, esperando a que por fin se decidiera a mostrarse. No sólo eso, que de pronto tuviera la certeza de que podía hallarle al abrir una puerta, o al regresar de la cocina y mirar al fondo del pasillo, sino que sentía la necesidad de ir en su busca y palpar sus ropas. La necesidad de agarrarse de su capa, de sopesar su sombrero, de frotar con la mano la piel de sus zapatos hasta entonces tan abstracta como un símbolo. Y se producía algo extraño, pues, aun temiéndole, no podía dejar de anhelar su proximidad. Muchas veces, con los dientes castañeando de puro terror. «¿Quién eres?», le preguntaba, «¿qué quieres de mí?». Tal era la fuerza de la imaginación de mi prima, nunca más viva que en aquellos años muertos. Me di cuenta de que todas sus locuras, todos sus excesos no habían pretendido más que ese fin de sentirse viva, como si el mundo acabara de ser creado o estuviese a punto de desaparecer. No lo logró, pues entonces ya estaba lejos del lugar donde se otorgaba la magia, y el sombrero del prestidigitador estaba agotado. Salí de aquella casa profundamente trastornada, con el convencimiento de que Adela había traspasado ese umbral terrible de la locura que raras veces admite el retorno, y de que nada podría salvarla, por más que me diera cuenta de que por debajo del derrumbe de sus facultades siguiera alentando en ella el sentido de lo vivo y el loco amor a la vida. Pero una semana después volvimos a vernos y, en todo el tiempo que estuvimos juntas, no volvió a mencionar sus visiones. Tampoco lo hizo en las visitas que siguieron. Vivió entonces una época relativamente tranquila, en que mejoró de una forma tan extraordinaria que hasta yo misma llegué a pensar que todo había sido un trastorno pasajero de su razón a causa de su enfermedad. Entonces volvieron a publicar en *El Norte de Castilla* nuevas noticias acerca del hombre misterioso de Rioseco, que esta vez habían visto merodear en Valladolid mismo, por las orillas del canal. Una noticia que generó una gran expectación en la ciudad, y que hizo que por las noches el canal se llenara de ociosos y juerguistas que buscaban al extraño personaje con linternas y palos. Hubo relatos para todos los gustos. Desde los que aseguraban haberle visto vestido con capa y sombrero junto a la casa del barquero, o nadando vigorosamente por el canal, con una velocidad inexplicable en quien no se suponía dotado de aletas y colas; hasta los que decían conocer alguna de sus costumbres, por ejemplo, su inclinación a los bailes, donde iba a buscar a las muchachas, a las que seducía con la sola fuerza de su mirada y de sus movimientos inexplicables cuya dulzura y obscenidad trastornaban su juicio. Incluso se llegaron a dar consejos públicos sobre cómo las jóvenes debían evitarlo o reconocerlo, ya que se hablaba de que en la parte alta de la cabeza tenía dos respiraderos, semejantes a los de los delfines y otros mamíferos marinos, y que ésa era la causa de que jamás se quitara el sombrero. Noticias todas ellas que se extendieron como la pólvora, sobre todo entre los juerguistas y trasnochadores, que veían en aquella figura misteriosa un estímulo para sus noches tantas veces desabridas y tediosas, y que hasta aconsejaron una investigación policial y la publicación de una nota en la prensa en la que se concluía que todo hacía pensar que se trataba de la obra de un bromista, o de un grupo de ellos, y que era del todo desaconsejable acudir al río de noche, pues se habían denunciado varios robos y otros actos deshonestos. El regreso del hombre pez permaneció en la imaginación de las gentes durante más o menos tres semanas, y luego regresó para siempre a ese río del olvido que nunca debió abandonar. Digo esto porque el efecto que tendría sobre la imaginación enfermiza de mi Adela sería devastador. Creo, de hecho, que le proporcionó el argumento que necesitaba para reafirmarse en aquellas visiones que la venían agobiando en los últimos meses. Lamento no haberlo intuido y no haber sido capaz de darme cuenta de ese peligro. Nunca di importancia a unos sucesos que, por parecerme demasiado ingenuos, siempre juzgué como irrelevantes y faltos de verosimilitud. Recuerdo que incluso una tarde de aquellas llegué a hablarlo con mi prima. Va a resultar, le dije riéndome, que tu hombre desconocido era un pez. Ella me miró algo sobresaltada, aunque enseguida se dio cuenta de que la estaba tomando el pelo y se puso a reírse conmigo. Dejé de ver a Adela por un tiempo. Esa misma semana me llamaron unos familiares para decirme que mi padre había enfermado. Me desplacé al pueblo, con la idea de pasar con él unos días, pero mi padre se agravó y aquellos días se transformaron en cinco meses, tras los que murió. En ese tiempo no me aparté de su cama, ni tuve por lo tanto noticias de Adela, aunque sí llegara a saber de Tomás Araujo, su marido. Estaba viviendo en el caserío. Apenas bajaba al pueblo, y la farmacéutica me contó una tarde que sus dolores eran más intensos que nunca y que no hacía más que consumir morfina. También me dijo que en el pueblo se comentaba que él y mi prima se habían separado. Cuando regresé a Valladolid, el panorama era mucho más terrible de cuanto había podido imaginar. Aún no había deshecho el equipaje cuando mi prima estaba llamando a la puerta. No entiendo cómo pudo enterarse. Presentaba un aspecto luminoso y terrible a la vez. «Le he visto», me dijo. No sabía de quién me estaba hablando y, alarmada por su vehemencia, me atreví a preguntarle que a quién. «Al hombre del canal», me contestó al tiempo que sonreía de una forma perturbadora, como si toda su vida y sus sueños estuvieran puestos en aquella sonrisa. Tardé en darme cuenta de a qué se refería, y, cuando fui a hacer algún gesto de protesta, me puso su dedo en la boca para pedirme que me callara. Y, entonces, no me preguntéis por qué, a las dos nos hizo gracia la escena y nos echamos a reír.

27

—No creo que mi prima tratara de negar la realidad de las experiencias cotidianas, simplemente no pensaba que éstas fuesen tan importantes. Cuando volví a verla, estaba a punto de sufrir su primera crisis, por la que llegaría a ser internada. Tenía entonces aquel eccema que le cubría la cara, el cuello y los hombros desde dos meses atrás. Cuando el eccema se hizo más virulento y doloroso, el doctor que la trataba recurrió al hipnotismo y obtuvo unos resultados espectaculares: cuando Adela despertó de su prolongado sueño, la erupción había desaparecido. Bastaba, sin embargo, el mínimo trastorno para que los síntomas reaparecieran con la misma virulencia, causándole terribles molestias. Y el doctor tomó la decisión de internarla en el hospital, donde permaneció seis meses. Recuerdo que me escribía cartas muy hermosas en que hablaba de su recuperación, y de lo feliz que volvía a estar. Una tarde, junto a la puerta del sanatorio se apostaron unos gitanos. Tenían una cabra domesticada que hacía números de equilibrio sobre una escalera de mano, mientras una mujer bailaba y dos hombres tocaban una trompeta y un acordeón. Contempló la escena loca de entusiasmo, y, al regresar a su cuarto, se puso a escribirme. Me decía en su carta lo hermosa que le había parecido aquella cabra, que allí sobre las escaleras, con aquellas barbas, le parecía un viejo semita que todo lo miraba con ojos melancólicos y meditativos; y cómo, cuando la gente se había puesto a tirar monedas a los gitanos desde los pisos próximos, los locos no habían podido resistirse y les habían ayudado a recogerlas. Los gitanos se habían alejado tocando sus instrumentos, felices y seductores, como si tuvieran ese poder, el de hacer llover monedas con su música. ¿Y sabéis por qué le había parecido tan hermosa la escena? Porque el oro de los cuentos se había transformado en monedas reales, haciendo que la belleza no estuviera del lado de los sueños, sino en el gesto de poder entrar en el supermercado con unas cuantas monedas en el bolso y que esa tarde hubiera merienda para todos. Recuerdo que aquella carta terminaba con una frase muy bonita que era sin duda reflejo de ese cambio inesperado. «Sólo yo soy responsable de lo que me pasa. Creía ser una salamandra y sólo soy una bola de carbón.» Salió poco después, aparentemente recuperada. Incluso su relación con Tomás pareció mejorar y volvió a vérseles juntos en los teatros y los conciertos, aunque no llegaran a estar como en los primeros tiempos de su unión, pues después de aquellas visitas Tomás Araujo volvía invariablemente a Rioseco. En ese tiempo yo apenas me veía con mi prima. No iba a su casa ni ella me mandaba a buscar. Creía que estaba bien, que se había recuperado de sus males, cuando inesperadamente me llegaron noticias suyas a través de un conocido común. Era un chico del pueblo, que también andaba metido en negocios de la construcción. Por entonces, había negociado que el material le llegara en barcaza por el canal, e iba a menudo a la dársena de la Fuente del Sol para vigilar su llegada. Una tarde en que había acudido con ese propósito, oyó hablar a unos obreros de la loca. Entabló conversación con ellos y le comentaron que se trataba de una mujer joven, que venía todas las noches y paseaba por el canal, con la mirada perdida. Debía de ser muy rica, pues llegaba hasta allí en coche e iba elegantemente vestida. Aunque no supieran lo que andaba buscando, ni por qué andaba por semejantes andurriales con aquellos trajes, como si estuviera a punto de asistir a un estreno en el teatro o a una importante fiesta. Una noche los obreros le dijeron que la señora estaba allí. Su sorpresa fue mayúscula cuando identificó a Adela. Paseaba abstraída por la orilla del canal, con los ojos fijos en la oscuridad, y aunque fue a su encuentro, y llegaron a saludarse con una inclinación de cabeza, se dio cuenta de que no llegó a conocerle. Estaba del todo ausente, como si fuera el instrumento de algo que ella misma no llegaba a comprender, de algo impenetrable y desconocido. Fui a verla. Estaba más delgada, pero no la encontré mal. Supongo que yo misma quería convencerme de ello, para no verme envuelta otra vez en aquella pesadilla. De hecho, y a pesar de que nos despedimos con la promesa de volver a vernos pronto, ninguna de las dos hicimos nada por cumplirla. Recuerdo la impresión que me produjo verla detenida en la puerta mientras me alejaba. La de una muchacha a la que han dejado sola en una casa en la que ha logrado esconder a su amante. Una muchacha que en pocos minutos, cuando se cierre la puerta, podrá acudir a su encuentro y hacer con él cuanto se le antoje, y que descubre que no está con el que desea.

28

—Era un médico muy guapo, muy joven, de ojos soñadores y limpios. Aquél era su primer destino. Un pueblecito colgado en las montañas de León, en la zona de Babia. La película empieza cuando se le ve llegar. Es primavera, y todo está verde y cubierto de flores. Va en su propio coche y le vemos detenerse encantado ante una pequeña laguna. Está llena de lirios de agua, y a lo lejos se divisan las laderas desbordantes de bosques. En el cielo vuelan los pájaros, y el aire limpio de las montañas da a los alrededores una amplitud infinita. Por fin, divisa el pueblo. Situado en la falda de una montaña, sus pequeñas casas parecen dados arrojados sobre un tapete. Las construcciones son de piedra, y hay un pequeño arroyo cruzado por un puente bajo el que el agua discurre con fuerza, salpicando con su espuma las piedras redondas y blancas como grandes huevos. Se instala en una pequeña casa. Desde su ventana se ve la iglesia, varada como un barco en una abrupta pendiente; y, más arriba, la montaña protectora e inmensa. Enseguida se hace querer por todos. Pasa consulta en la casa, pero también recibe llamadas. Mucha gente vive diseminada por las montañas, en pequeñas gargantas aisladas, y él los va a visitar en su coche. Así transcurren las primeras semanas. Asiste a partos, atiende cólicos, fiebres, pone inyecciones y cose heridas. Todas las especialidades médicas. Incluso las veterinarias, que una vez reclaman sus servicios desde una de las casas y lo que tiene que atender es el parto de un ternero. Una tarde recibe la llamada de una mujer. Está llorando. Le habla de un brazo, debe tenerlo roto porque le duele terriblemente. Le pregunta por qué no viene ella al pueblo, y le contesta que no puede. No puede dejar solo a su marido, ni a los animales. ¿Quién se ocuparía de ellos? Insiste y ella le dice que lo deje. «Ya me arreglaré», concluye al tiempo que corta la comunicación. El doctor pasa el día en la consulta, y al terminar se acuerda de aquella llamada y decide ir a ver a la mujer. Ha llegado a decirle dónde vive, y busca el camino en el mapa. La carretera se desliza por la orilla abrupta de un río. Parece cortada con un hacha. La carretera asciende por la pared rocosa mientras el cielo es sobrevolado constantemente por los buitres. Por fin llega a la pequeña casa. Llama a la puerta, y sale a recibirle una mujer. Enseguida se fija en lo hermosa que es. Va vestida pobremente, pero hay en su expresión y en sus ojos una mirada extraña, aristocrática.

—¿Es Laura Moncada?

—Sí, Laura Moncada. Igualita que cuando la vimos en el Hostal. Y aún hay otra cosa más sorprendente. Tiene el pelo peinado de una forma muy extraña. Como Veronica Lake. Todo echado hacia adelante, cubriéndose un lado de la cara, y se muestra reservada y tímida. No puede mover un brazo y sufre terriblemente. El doctor la examina. La hace sentarse frente a una ventana, y empieza a reconocer su hombro. Le basta con presionarle un poco para que se ponga a gritar. «Tendría que ir al hospital», le dice. «Habría que hacer una radiografía para estar más seguro.» Ella niega con la cabeza. Le descubre el hombro por completo, para lo que tiene que pedirle que se desabroche el vestido. Ve que lo tiene lleno de moratones. «¿Qué es esto?», le pregunta, pero ella guarda silencio. Entonces él le retira el pelo de la cara y ve que el ojo que trataba de cubrir está inflamado.

—Como le pasó en la vida real.

—Sí, igual. ¿Te acuerdas? Cuando la vimos en el Hostal llevaba aquellas impenetrables gafas negras, y luego mi prima nos contaría que eran para cubrir su ojo amoratado. Aquel animal que la acompañaba le pegaba terribles palizas. Pero espera, espera, que ahora viene lo mejor... El doctor sigue reconociendo su hombro, se da cuenta de que no está roto. «Bueno», le dice, «esto te va a doler». Lo toma entre sus dedos y realiza un movimiento brusco que hace gritar a la mujer. Pero enseguida puede mover el brazo. Le pide que coja una cuchara y que se la lleve a los labios, y ella lo hace complacida, maravillada de poder hacerlo sin sentir dolor. Llega incluso a levantar esa mano y tocar con las yemas de los dedos los labios del doctor, mientras aparece en su boca una amplia sonrisa de gratitud. Pero enseguida aparta su mano, y su sonrisa desaparece. El doctor se da cuenta de que alguien se acerca, un hombre al que ha visto por la ventana. Le pregunta quién es, y ella le contesta que su marido. Le basta volver a mirarla para darse cuenta de que es él quien la pega. «Deberías denunciarle», le dice. «No puedes consentir que te pegue.» El sitio se llama Tres Cantos, porque la casa está situada en un pequeño cañón, y hay tres grandes masas de roca pelada surgiendo de la fronda de pinos y alerces, blancas como la cáscara de los huevos. Se encuentran en el umbral de la puerta. «He venido a ver a su mujer», le dice el doctor. Es un hombre joven, de aspecto tosco y mirada recelosa. Un auténtico malo de película. El doctor vuelve a mirar a la mujer y no entiende cómo una mujer tan delicada y elegante puede estar viviendo con él. «Si la vuelve a tocar, le denuncio», le dice, y ambos se quedan un rato mirándose a los ojos, como midiendo sus acciones presentes y futuras. Por fin, el doctor recoge su maletín y su zamarra y, después de despedirse de la mujer, se dirige a su coche. Regresa al pueblo. Esa noche abre su diario y anota: «Hoy he conocido a la extraña mujer de la montaña. Tenía dislocado un hombro, y la estuve atendiendo. Al despedirnos, y en un gesto de audacia que me sorprendió, tocó mis labios con sus dedos. Fue un gesto de inesperada intimidad que, sin embargo, no parecía tener un sentido individual, sino dirigirse a la humanidad entera. Como si estuviera pidiendo ayuda, que alguien la sacara de allí». Al día siguiente, cuando el doctor va a coger su coche, lo halla con las ruedas rajadas. No sólo eso, sino que alguien ha embadurnado sus cristales y su carrocería de excremento de vaca. Enseguida sabe que ha sido aquel hombre, y va a la Guardia Civil a denunciarlo. Pero los guardias se inhiben por falta de pruebas. Entonces, furioso, les cuenta que maltrata a la mujer que vive con él, pero tampoco se molestan en escucharle. «No podemos hacer nada», le dicen, «sería necesario que ella pusiera una denuncia». Eso es todo. Pasan unas semanas y empieza a nevar. El doctor sigue con su trabajo. Una tarde, al llegar a su casa, está sonando el teléfono. Es la mujer de la montaña. Le dice que su marido ha sufrido un ataque. Le duele terriblemente el pecho y no se puede mover. El doctor le dice que irá cuando pueda. Le vemos colgar el teléfono y quedarse mirando por la ventana la nieve que cae en la calle. Luego se dirige a su cuarto y se acuesta. Odia a aquel hombre, y nadie puede exigirle que abandone su casa en plena tormenta para acudir en su auxilio. Pero no logra conciliar el sueño. De pronto se viste y sale en su coche en medio de una impresionante nevada. Dos horas después logra ver las grandes rocas. Todo el bosque está nevado, y las piedras blancas se confunden con la nieve y las copas de los árboles. La casa tiene las ventanas encendidas, y él llama a la puerta. Le abre la mujer, cuyo rostro se ilumina con una inesperada sonrisa de gratitud y sorpresa, y, en efecto, el marido...

—Está muerto.

—No, no, qué tonto eres. Muerto, todavía no. Ha sufrido un ataque y está tumbado en medio de la sala, pues ella no ha podido arrastrarle a la cama. Vosotros no sabéis lo que es eso...

—¿Qué?

—Vivir con alguien que casi dobla tu peso y cuya fuerza es muy superior a la tuya. Tener que acostarte en su cama, y comer a su lado. Vosotros no sabéis el ruido que hacéis para todo, al andar, al hablar, al comer, mientras estáis dormidos, ni podéis comprender, por tanto, cuánto amamos las mujeres ese silencio que queda cuando finalmente os marcháis de casa y podemos quedarnos solas... Y ese silencio fue el que halló el doctor al entrar en el cuarto. El cuerpo del hombre estaba tumbado en el suelo, grande como el de un caballo, y la mujer lo contemplaba sin ansiedad, sin angustia, sentada en una silla, como si acabara de descubrir ese silencio nuevo y no quisiera que nada lo turbara. Pero el doctor no tiene tiempo para pensar en aquello. Le toma el pulso, se da cuenta de su extrema gravedad. Luego le abre la camisa para auscultarle y ve que su pecho está lleno de marcas, de heridas, algunas cicatrizadas, pero otras recientes, como si hubiera luchado con algún animal. No sabe a qué atribuirlas, y pide ayuda a la mujer para arrastrar su cuerpo y llevarle hasta la cama. Le pregunta por esas heridas, y la mujer se encoge de hombros, le dice que no sabe, aunque se da cuenta de que le miente. Cuando termina, siente una gran opresión en el pecho. Le parece que el cuerpo de aquel hombre forma parte de ese peso, de esa casa malvada y de la sombría oscuridad que crece alrededor. Está en estado de coma y respira con dificultad. Piensa en un infarto cerebral y se da cuenta de que tendrían que llevarlo a un hospital, pero la carretera está cortada por la nieve y no hay forma de salir de allí. El doctor va al coche, a buscar una bombona de oxígeno, y coloca al hombre una mascarilla. «No podemos hacer nada más», murmura. Se sientan a la mesa, a esperar. La mujer le ofrece algo de comer. Ven la nieve cayendo por detrás de los cristales. El viento agita los copos, que se pierden en la oscuridad del bosque. Oyen el aullido de los lobos. La mujer le cuenta que a veces llegan hasta la casa. Hace una semana se encontró con uno, en la puerta del establo. Había ido a por leña y, al salir, el lobo estaba allí, detenido sobre la nieve. Luego se dio la vuelta y se dirigió al bosque. Antes de desaparecer, se detuvo y volvió su cabeza para mirarla de nuevo. No como miraría a una mujer, sino a un igual. No sabes lo que es vivir en el bosque, parecía decirle, allí todo es dolor. La mujer le está contando esto cuando oyen un súbito estertor. Acuden al dormitorio y descubren que su marido acaba de morir. ¿Qué harán ahora? La nieve ha cubierto todas las salidas. Tratan de llamar por teléfono, pero la comunicación también está cortada a causa del temporal. No pueden abandonar la casa, ni tampoco esperar socorro alguno. Y esa situación puede prolongarse días, hasta semanas enteras. Se pasan un día, dos días, así, velándole y, de pronto, el cadáver empieza a oler. Deciden sacarle al exterior y cubrirle de nieve. El cuerpo quedará congelado y aguantará sin corromperse hasta que llegue el momento de volver al pueblo. Eso hacen. Entierran el cuerpo. Pero entonces aparecen los lobos. Huelen la carne y empiezan a merodear alrededor de la casa. Ellos los espantan con disparos. Deciden encender fogatas para ahuyentarlos. A la mañana siguiente, cavan un agujero más profundo y lo entierran del todo en la nieve, con lo que consiguen que su presencia pase desapercibida para los lobos. Entonces, y por primera vez desde que se conocen, se quedan solos en la casa. Sin nada que hacer, salvo salir a por leña, encender la chimenea, preparar la comida. Juegan a las cartas y beben anís. Empieza a surgir entre ellos una corriente de simpatía. Primero es una forma de mirarse, luego de hacer las cosas, siempre sabiendo que el otro está allí, observando, pendiente de cada palabra y de los gestos más insignificantes. El doctor percibe un cambio. Todo se vuelve más claro y luminoso. Hasta ella misma es así. Sus gestos son delicados y limpios, con la limpieza de las cacerolas bruñidas, del aire de las montañas y el agua de los arroyos. Poco a poco sus palabras se hacen más decisivas e íntimas, brotan de algo deseoso y jadeante que está naciendo esos días en sus corazones. Se enamoran, se toman de las manos, se pasan las horas hablando. Ella le cuenta su historia a la luz de las llamas. Una historia que viene de la guerra civil. Aquel hombre no era su marido. Estaba con él por una deuda que tenía que pagar. Vive con ese hombre para evitar que denuncie a su padre. Hay un pacto entre ellos. Es falangista. Al terminar la guerra, él y sus compañeros ejercen un dominio feroz sobre el pueblo, que es un pueblo minero donde mucha gente está comprometida en luchas laborales y políticas. El padre de la mujer es veterinario y ha ayudado a mucha gente a cruzar la raya de Portugal. Le descubren y van a por él. Le golpean brutalmente y le llevan a la cárcel. Todos saben lo que eso significaba. Pero aquel falangista está enamorado de ella desde hace años. Ella va a verle y le pide que no le haga nada. «¿Y qué ganaré yo?», le pregunta el falangista. «A mí», le contesta sin vacilar. Entonces formula su pacto. Si le promete dejar en paz a su padre, ella le entregará un año de su vida. El falangista acepta. Suelta a su padre y esa tarde va a buscarla en su coche. Ella le espera con la maleta, y parten hacia León, donde se hospedan en un pequeño hotel, haciéndose pasar por una pareja de recién casados. Están allí una semana, y en ese tiempo no la toca. «Quiero que te acostumbres a mí», le dice. Luego se trasladan a aquella casa olvidada, en plena montaña. Él está a menudo fuera, pero viene a verla todas las semanas y, en ocasiones, se queda temporadas con ella. Eso es todo, hasta que empieza con aquellos ataques. Los dolores terribles de cabeza, los mareos, la sudoración. No quiere ir a un médico y finalmente tiene aquella crisis por la que ella le ha tenido que llamar. Están los dos sentados a la mesa. Ella le ha contado su historia sin apenas levantar los ojos del mantel, rehuyendo mirarle, y, cuando la termina, el doctor, en un gesto espontáneo, trata de coger su mano, que ella retira enseguida. Sin embargo, esa misma noche se acuestan por primera vez. Se pasan varios días prácticamente sin levantarse de la cama, haciendo el amor hasta agotarse. Ella se transforma cuando lo hacen. Se vuelve violenta, extraña, como si le causara placer y dolor a la vez. Una noche llega a morderle, y a pedirle que la pegue, a lo que él se niega. En la tarde del día siguiente le ataca por primera vez. El doctor ha salido al establo en busca de leña, y al entrar en la casa recibe un golpe terrible que le hace caer al suelo. Llega a perder la conciencia, aunque enseguida se recupera. Entonces la oye correr. Se revuelve justo a tiempo para evitar una nueva agresión. Esta vez ha cogido las tenazas de remover las brasas y trata de golpearle con ellas. Logra evitar el golpe, y luego la agarra por las piernas y la hace caer. No sabe lo que hace ni por qué actúa así, pero de pronto se da cuenta de que está jugando. Es un juego salvaje. La agarra, tiene que controlarla como sea, y eso la excita. Terminan enredados en la cama, y hacen el amor de una forma brutal. Luego se arrepiente, es dulce. «Tienes que perdonarme», le dice con los ojos llenos de lágrimas. «He vivido con un ogro, estoy acostumbrada a cosas terribles.» Él la tranquiliza, la cubre de caricias y de pequeños besos, hasta que se queda dormida. Entonces se levanta de la cama y se queda mirándola. Se da cuenta de que es una de esas personas que parecen haber heredado el sentido de la muerte y la vasta tradición de los fracasos humanos, y de que nada puede salvarla. Una mañana se despierta y ella no está a su lado. Se asoma a la ventana y la ve en el exterior, sobre la nieve. Lleva una manta sobre los hombros y permanece con los ojos fijos en el lugar donde han enterrado a su amante. Se fija en que ha cortado unas ramas de pino y las ha puesto en su tumba. Se pone el abrigo y sale en su busca. Al llegar a su altura, se fija en que tiene su puño cerrado. «¿Qué llevas ahí?», le pregunta. Pero ella se limita a esconderlo detrás de su espalda, con una risa nerviosa, como si hubiera ido a por algo al bosque y no se lo quisiera enseñar. Entonces todo cambia. Ya no es un ser derrotado, sino alguien dueño de una extraña vitalidad, de un secreto. Un secreto que no es enteramente humano, que comparte con las grutas de la montaña, con las bocas de los manantiales, con los lobos y los otros animales del bosque. También con el falangista, y ésa es la razón de que le siga llevando ramas de pino. Sólo él no está al tanto de lo que pasa, es el único que no entiende. Trata de sujetarla pero ella entra corriendo en la cabaña. La persigue, insiste en que le enseñe lo que esconde. Terminan rodando abrazados sobre la alfombra, y hacen el amor salvajemente. En todo ese tiempo ella ha mantenido cerrado su puño. Hasta el momento de su orgasmo. Entonces deja inesperadamente de gritar y su rostro se transfigura emitiendo una luz incomparable. El doctor se fija en su mano. Está abierta, y a su alrededor hay un pequeño charco del agua más clara. Permanecen juntos cerca de dos semanas, y se repiten con frecuencia los episodios de violencia, aunque en general se vuelve más pasiva y dulce. Es más, los últimos días se los pasa casi todo el tiempo dormida. Abre los ojos un momento, sonríe al verle en la casa y vuelve a dormirse. Estos últimos días se deslizan apacibles como barcas en un río tranquilo. Cuando cesa el mal tiempo, vienen a rescatarlos. Recuperan el cadáver y pueden enterrarlo en el cementerio. Al doctor le conceden unos días de permiso. Sale del pueblo y regresa a Madrid. Hay una plaza libre en uno de sus hospitales. Se presenta al concurso y lo gana. No regresa al pueblo ni, por tanto, vuelve a ver a la mujer. Pasan cuatro años. Un día viaja a León por un congreso y unos viejos amigos le invitan a cenar. Su sorpresa es mayúscula cuando ve que la mujer de la cabaña es una de las criadas. No hace nada, permanece en un segundo plano. El doctor alega tener necesidad de ir al baño y se dirige a la cocina a buscarla. La llama, trata de hablar con ella, pero se escabulle. Cuando vuelve a la mesa se pone a nevar. Es muy raro, porque lo hace allí mismo en el interior de la casa. Los copos son grandes y abundantes, pero sólo él parece darse cuenta. Oye un ruido en la puerta, y sabe al momento que es la mujer la que se escapa. Se disculpa como puede y abandona el comedor. Sale a la calle. Nieva ahora copiosamente, y los copos llegan a cegarle. Pero sigue a la mujer a través de sus huellas. La ve doblando una esquina y encaminándose hacia un callejón. Logra alcanzarla. Lleva el puño cerrado, como aquella vez en la cabaña. «¿Qué llevas ahí?», vuelve a preguntarle. Pero no le contesta. Insiste, y logra sujetarla, pero está tan fría que tiene que volver a soltarla. Entonces ella vuelve su rostro y, antes de echarse a correr y desaparecer calle abajo, bajo la tormenta de nieve, abre su puño y con una risa nerviosa le enseña su mano vacía. Dos días después, al salir de una de las sesiones del congreso, el doctor se encuentra con un viejo amigo. Hablan de todos sus conocidos del pueblo, y le pregunta por la mujer de la cabaña. Le dice que la encontraron ahogada en el río, y que todo hizo pensar que se trataba de un suicidio. El doctor se queda pálido, tiene que apoyarse en su amigo para no tambalearse. «¿Cuándo sucedió?», murmura casi sin voz. «Al poco de tu marcha», le contesta. El doctor comprende que el episodio de la otra noche ha sido una visión, y que el fantasma de aquella mujer ha venido a su encuentro varios años después de su muerte. Vemos el rostro demudado del doctor mientras la pantalla se oscurece. Cuando vuelve a iluminarse han pasado varios años. El doctor está en el cuarto de una niña de unos seis años. Es su hija, y está acompañándola en el momento de dormir. Uno de los puños del doctor está cerrado, descansando sobre las mantas. La niña se lo coge y le obliga a abrir la mano. «Siempre que estás triste haces eso», le dice. El doctor no sabe qué contestarle, pues lo hace sin darse cuenta. «Es una costumbre, una vieja costumbre», acierta a decir al fin. «Anda, ahora duérmete.» Le da un beso y apaga la luz. Sale al pasillo. La cámara enfoca su mano y, poco a poco, vemos cómo vuelve a cerrarla. Luego, se detiene ante una puerta. Es la puerta de su dormitorio, y está llena de arañazos. El doctor posa delicadamente su mano sobre ellos y los recorre con las yemas de sus dedos. Luego entra, cerrando a sus espaldas la puerta. Empieza a nevar en el pasillo. Primero algunos copos aislados, pero muy pronto copiosamente, formando sobre la alfombra una capa de blancura sin mácula. Entonces aparece la mujer. Se acerca despacio a la puerta y coloca su rostro sobre ella. Hace mucho frío y de su boca sale una nube de vaho. Se pone a arañar la madera, sobre el lugar de las marcas. Ahora estamos en el cuarto. Vemos el armario, las sillas y, finalmente, la cama donde está acostado el doctor, que permanece inmóvil escuchando aquellos arañazos. Con los ojos fijos en la puerta, donde aparece la palabra FIN.

29

—Nunca debí empeñarme en recuperar aquel tiempo, el tiempo de nuestro amor.

—No, no debiste hacerlo.

—No es posible volver a los lugares donde fuimos felices.

—La vida sólo respeta a los fuertes, y el amor nos vuelve vulnerables y previsibles. Fíjate en lo que pasa con el urogallo. Sólo se deja ver cuando llama en el bosque a su pareja.

—¿Sabes por qué me impresionó la película de Laura Moncada? Me parecía que, después de tu marcha, yo también me había quedado fuera del cuarto, arañando la puerta. Santiago fue mi único apoyo. Incluso me ayudaba a vestir y a dar de comer a Luisín. Una vez nos besamos. Santiago estaba muy nervioso, y empezó a acariciarme el pecho. Yo le dejé un poco, pero cuando quiso ir más lejos le dije que no. Yo también vivo con un ogro, le expliqué en bromas, pues momentos antes habíamos estado hablando de aquella película y de la frase que Laura Moncada le decía al doctor. La noche de los amantes está habitada por los hijos y las hijas de los ogros.

—¿También lo estuvo la nuestra?

—No, la nuestra no.

—¿De qué te ríes?

—De que puedas pensar algo así. Tú siempre fuiste sensato, dulce. Eras bueno porque tu corazón estaba lejos. Los ogros no pueden serlo, porque están cerca de las cosas. Por eso propagan el dolor.

—¿El dolor?

—Sí, todos hemos sufrido demasiado. Me pregunto si no merecemos un descanso. Empezando por la señorita Adela y por aquella niña loca que se empeñó en arrebatar a la muerte.

—Tú sabes que nada de eso sucedió.

—Todo fue cierto.

—Éramos dos niños, y doña Manolita quería poner a prueba su poder.

—No, no es verdad. Ella era como esas ancianas sabias de los pueblos antiguos que debían impedir las peleas entre los niños, calmar a los adolescentes inquietos, escuchar las quejas de las parejas, mediar en las disputas y difundir las noticias. Como esas ancianas que podían reconocer todo tipo de climatologías extrañas, a los vecinos peligrosos y las plantas venenosas, curativas o nutritivas.

—Exageras. Sólo era una mujer extravagante, que se aburría mortalmente en aquel pueblo, y que nos cogió a nosotros, dos pobres niños, como objeto de sus experimentaciones.

—Algunas eran visionarias o clarividentes. La mayoría ayudaba a mantener la paz en el clan. Muchas tenían una especialidad y eran curanderas, comadronas, educadoras de los más pequeños, contadoras de cuentos y mediadoras con el mundo de los espíritus. ¿Por qué, si no, harían eso? ¿Por qué las ancianas contarían a los niños cosas que no son reales si no fuera por esa razón?

—Supongo que para decirles que en la vida pasan cosas que no se pueden explicar.

—Todos los sueños de la señorita Adela volvían una y otra vez a aquella niña muerta, a la imagen de su cuerpecito todavía palpitante recogido en su regazo mientras volaban hacia el hospital. Sí, eso era lo que quería decirnos doña Manolita cuando nos contaba aquella historia. Que la muerte forma parte de la vida. Es algo que sucede, y que, antes o después, tenemos que aprender a aceptar. Por eso vivir es tan duro. La muerte estaba en aquel pequeño rostro, palpitaba contra su pecho, como un pájaro asustado que no acertaba a levantar el vuelo porque sus alas estaban rotas.

—Y, luego, empezó a ir al canal.

—Sí, a encontrarse con el hombre pez. La señorita Adela había leído en el periódico aquellas noticias que tanta repercusión tuvieron en la ciudad, y enseguida pensó que el desconocido a que se referían era el mismo que había entrado en su casa. Por eso se la veía por el canal, por eso bajaba allí por las noches a esperar su aparición. La última vez que vieron a aquel hombre misterioso había sido junto a la dársena, entre unos bloques de granito. Los bloques de granito estaban diseminados por la orilla, como arrojados desde un camión en marcha, y ella se sentó en uno a esperarle. El hombre pez no apareció esa noche sino a la semana exacta de comenzar su vigilia. Estaba medio dormida y, al principio, le confundió con uno de los hombres que en noches anteriores habían salido de los almacenes vecinos a susurrarle cosas groseras, porque la confundían con una prostituta. Abrió los ojos para decirle que se fuera, que la dejara en paz, y le vio allí mismo, a dos metros, vestido con aquel sombrero y la larga capa, tal como los testigos le habían descrito en el periódico y ella misma había llegado a verle la tarde de la niebla. El hombre pez se puso a dar vueltas a su alrededor, cada vez más abiertas, y ella, girando sobre sus talones, no le quitaba ojo. Pero cuando quiso hablar con él, desapareció. Volvió a la noche siguiente y esta vez, al oír el ruido de sus pisadas, se internó tras él en la oscuridad. Al llegar a un paraje tenuemente iluminado por una bombilla, le sintió respirar. La noche era muy oscura y, a pesar de la evidencia de su proximidad, no llegaba a verlo. Lo llamó y el hombre pez avanzó hasta hacerse visible. Llevaba su sombrero negro, de ala ancha, y aquella capa que le llegaba hasta los pies. Estuvieron andando por el tenebroso campo. Ella iba agarrada a su capa, y él andaba lentamente, manifestando un gran sufrimiento al hacerlo, como si no se encontrara en su medio y añorara la libertad que su cuerpo alcanzaba en el agua, sus movimientos alegres y su desenvoltura feroz. Ella le preguntó si había estado en su casa, y el hombre pez le dijo que sí. También que era él quien había despertado a los niños muertos. Los muertos le seguían muchas veces en sus desplazamientos, pues solían añorar los lugares en que habían vivido. La señorita Adela le habló de aquellos niños que habían muerto el mismo día, y de sus problemas con su marido. «Estoy segura», le dijo, «de que, si pudiera quedarme embarazada, todo iría mucho mejor». Estaba muy nerviosa, y su respiración entrecortada casi la impedía hablar. Podías ayudarme tú, le dijo de repente. El hombre pez se detuvo y se volvió extrañado, sin comprender lo que trataba de decirle. Luego, y en un tono doloroso, ella le explicó que haría todo lo que le pidiera. Y empezó a desabrocharse el vestido. «Si quieres», murmuró, «me baño contigo en el canal». Se acercó aún más a él, y empezó a frotarse contra su ropa. Hasta percibir el olor de su cuerpo, semejante al del ganado. Un olor extraño, muy fuerte, que luego identificaría con el de las algas que se pudrían sobre su piel. Le estuvo acariciando la espalda, que estaba llena de delicados bultos, y llegó a meter la mano por debajo de su sombrero y a tocar aquellos orificios en su cabeza. Los orificios por los que respiraba cuando estaba en el agua. Estaban húmedos, y sentía en sus dedos el empuje de su respiración alterada. Pero el hombre pez se apartó de su lado. Parecía sentir un inmenso dolor, un dolor como ningún hombre podría llegar a experimentar jamás. Un dolor que vinculaba su vida con la noche, con las lentas raíces que reptaban bajo la tierra, con los animales que gemían en la oscuridad. «Sabes que no puedo», le contestó apartándose de su lado. Le vio dirigirse al canal y meterse decidido en el agua, donde desapareció momentos después, dejando por unos momentos a sus espaldas el vuelo de su capa, como una mancha de grasa. Sin embargo, a la noche siguiente, acudía de nuevo en su busca. Y volvían a verse. Esos encuentros se multiplicarían en semanas sucesivas. Solían permanecer juntos durante horas, hasta casi el amanecer. Hablaban interminablemente, pero con palabras que no eran de este mundo. No era fácil explicar de qué. Ella le preguntaba adónde iba cuando le dejaba y el hombre pez rehuía responderle. Si le pedía que le dejara acompañarle, él movía la cabeza negando. En dos ocasiones la llevó sobre su espalda. Llegaron hasta el canal y contemplaron inmóviles desde la orilla el curso lento de las aguas embebidas de luz lunar. Pero siempre había un momento en que el hombre pez le decía que se tenía que marchar. Trazaba una raya en el suelo, y le prohibía acompañarle. Y ella desafió esa prohibición. Una noche esperó a que se perdiera en la oscuridad y, guiándose por los sonidos de sus pasos, se puso a seguirle. Cuando volvió a verle estaba detenido junto al desagüe de una alcantarilla. Permanecía semihundido en el barro, absorto en una actividad que reclamaba todo su interés. No tardó en comprender que lo que hacía era cazar ratas. Se las llevaba vivas a la boca y las devoraba lentamente, masticando su piel y sus huesos con dolorosa concentración. El espectáculo la espantó de tal forma que abandonó precipitadamente su escondite. Juró no volver a verle, pues ¿cómo podría volver a acercarse a él, y pasear a su lado, sin que la imagen terrible de la caza y masticación de las ratas irrumpiera en su pensamiento llenándolo de horror? No volvió a la noche siguiente, pero a la otra corría de nuevo en su busca. Pero entonces fue el hombre pez quien se mostró distante y esquivo. No tenía ganas de hablar y cuando ella le pidió que le dejara encaramarse a su espalda, movió la cabeza negando. Ella supo que se había dado cuenta de que le había estado espiando y le pidió perdón. El hombre pez le dijo que ya era demasiado tarde. Habían hecho un pacto y ella no lo había cumplido. No debía seguirle, ni volver por allí. Era mejor que se olvidara de él, de todo lo que había visto. Había sitios a donde ningún ser humano le podía acompañar si no quería arriesgarse a enfermar. Y, cubriéndose con su capa, se adentró en la oscuridad. Oyó el ruido de sus pasos, cada vez más distantes, y enseguida no vio sino tinieblas, espesas nubes de oscuridad agitándose entre ellos con el poder sofocante del humo. Todo ardía secretamente y ella permanecía inmóvil en el corazón oscuro de aquel incendio. Pensó que, con sólo golpear la tierra con la planta del pie, las llamas enloquecidas surgirían de todos los sitios como calderadas de furia. Era la misma sensación que había tenido en los brazos de Monzó. Aunque entonces no fuera para adentrarse en la muerte, sino para transformar esa angustia en una explosión de vida. Todo ardía secretamente y bastaban aquellas caricias para revelarlo. Sus cuerpos agitados por el deseo se confundían con árboles en llamas. Paseaban llevando esas llamas en las manos, sin quemarse, como hacen todos los hijos del fuego. Pero aún tendrían que pasar varios días para que el recuerdo de aquellas palabras traspasadas de oscuridad que oyera de los labios del hombre pez, terminaran de revelar todo el horror y toda la belleza de que eran portadoras. Y para que eso sucediera tendría que volver a su pensamiento el recuerdo de la niña de la cebada.

—¿La que mató el ingeniero en la ermita?

—Sí, la que mató Monzó. Aún recuerdo a doña Manolita hablándome de la tarde en que la señorita Adela le contó cómo había derrotado al hombre pez. Creo que fue una de las últimas veces que la visité. Entonces, tú ya no estabas en el pueblo. Me acuerdo de doña Manolita sentada junto a la galería, al atardecer, con la luz del sol iluminándola por detrás, en un fuerte contraste. Su rostro estaba en sombras, mientras por todos los lados estallaba aquella luz dorada, única del verano. Una luz pegajosa y dulce como la miel de las colmenas. Doña Manolita no parecía triste ni asustada. Me contaba aquella historia espantosa, como si estuviera llena de promesas de felicidad. La señorita Adela le hizo sentarse a su lado, en la cama, pues ese día no se había querido levantar a causa de una terrible jaqueca, y, mientras fumaban, se lo fue explicando todo sin dejar de mirarse las manos, como si lo llevara escrito en sus palmas. Y lo más extraño fue que se rieron sin parar. Como si el hombre pez, más que la criatura de un mundo de horror fuera un personaje cómico, el protagonista de una de aquellas películas que interpretaba el pobre Buster Keaton. Todo lo recordaba como si acabara de suceder. A doña Manolita le bastaba con cerrar los ojos para ver de nuevo a su prima sujetando al hombre pez por la capa, pidiéndole que la ayudara a tener un niño, un niño que viniera al mundo para salvarles a todos. «No te suelto», murmuró, «hasta que me lo des». Pero el hombre pez le dijo que no podía ayudarla. Los muertos no se podían confundir con las figuras que poblaban los ensueños de los hombres. Él era el portador de ese mensaje. Su mundo no era el mundo de la fantasía sino el de lo oculto, y, aunque lo quisiera, no la podría satisfacer. Fue cuando Adela concibió la idea que habría de condenarla. «Entonces», le dijo clavando en él su mirada, «dame a la niña que mató Monzó». Nunca se habían reído tanto. Sufrieron tal ataque que, abrazadas, estuvieron a punto de caerse de la cama. Doña Manolita decía que no había existido en el mundo un ser más maravilloso y absurdo que su prima. Habría podido trastornar con sus ocurrencias hasta al mismísimo demonio. Eso hizo con el hombre pez. Le pidió aquella niña y el hombre pez se apartó bruscamente de su lado. Debió de pensar que estaba completamente loca. Ella sintió el ruido de sus pasos alejándose en la oscuridad y, cuando por fin se hizo el silencio, regresó a la carretera. No pensaba en nada; sólo en que tenía que volver. Las luces blancas de las casas fosforescían en la oscuridad y ella caminaba por la carretera llevándoselas detrás. Las luces deslizándose por encima de los tejados y ella, la dueña de la noche, escuchando lo que venían a decirle, que repudiara las palabras del hombre pez. Está acorralado, completamente vencido, le susurraban, antes o después tiene que obedecerte. Volvió en las noches que siguieron. Se internaba en el campo y cuando se cansaba de esperar, loca de furia, llamaba al hombre pez con ruidosas palmadas. Tuvieron que pasar doce noches. Estaba sentada en una de las piedras y, al alzar los ojos, lo vio junto a un árbol, mirándola sin pestañear. En ese terreno sólo había ese árbol, un roble corpulento que se levantaba del suelo como un depósito. Ambos, árbol y hombre pez, parecían al borde de un abismo, un abismo que les separaba de todo y que ella tendría que cruzar. No reparó en su jiba hasta tenerle encima. La oscuridad era casi completa y ni aun entonces, apenas a unos pasos, pudo diferenciar de qué se trataba. Veía la jiba añadida, los delgados apéndices flotando en el vacío como cordajes sueltos. El hombre pez giró sobre sus talones, y un escalofrío erizó su piel, pues por la forma en que oscilaron aquellos apéndices, supo al instante de qué se trataba. Quiso hablar, detenerle, pero las palabras se secaron en su garganta, mientras se escabullía de su lado. Se puso a seguirle a ciegas, guiándose por el sonido de sus pasos. Cuando cesaban, le interpelaba a viva voz. «Hombre pez», le decía, «¿qué llevas ahí?» Cada poco repetía su pregunta. Dejó de oír sus pisadas sobre la tierra, y aun así trató de seguirle en la completa oscuridad. Inútilmente, pues no sabía en qué dirección hacerlo. Al regresar a la carretera, volvió a verle. Estaba junto a una de las casas. Había una bombilla encendida colgando del alero. La luz era amarilla, y las paredes y el suelo parecían impregnadas de azufre. Sentada a horcajadas sobre sus hombros había una niña. Quiso acercarse pero no le obedecieron las piernas. La niña, de unos seis años, tenía la piel blanquísima y de sus ojos emergía un brillo profundo y extraño, como el que surge del carbón mojado. Era la niña que había matado Monzó. Estuvo un largo rato mirándola y empezó a avanzar a su encuentro. La niña llevaba por todo vestido unas enaguas blancas que, recogidas por delante hasta dejar al descubierto sus muslos, se derramaban delicadamente a su espalda como la cola de un ave. No se movía, pero todo en ella parecía permanecer en un estado de máxima alerta, como si acabara de descender del aire y estuviera presta a reintegrarse a él a la menor sospecha. Avanzó lenta, interminablemente, conteniendo a duras penas el deseo de correr hacia el hombre pez y arrebatársela de los hombros. Sería, pensó, como llevársela de un tren. Como si la niña estuviera en un tren a punto de salir, asomada a una de las ventanillas, y ella se la llevara escondida en sus brazos. Pero no sucedió esa noche. Casi casi la podía tocar, estaba estirando su brazo, la tenía a su alcance... y el hombre pez que retrocede, que gira sobre sus talones y se echa a correr. Les sigue incansablemente, hasta que amanece; corriendo ella también. Llega a verles varias veces, las enaguas de la niña como la corola abierta de una flor, y vuelve a perderlos en la oscuridad. A la noche siguiente igual, y a la otra. Así durante dos semanas, persiguiéndoles en la oscuridad, en el completo silencio, hasta quedar exhausta. Una vez los descubre en el canal. Se han metido en el agua y nadan vigorosamente, sumergiéndose y volviendo a aparecer en la superficie, en medio de una atmósfera de enloquecido júbilo. Les sigue, riéndose con ellos. No pierde la esperanza. Sabe que el hombre pez está vencido, como le dicen todos los días las pequeñas luces de la carretera, las luces que a su paso se sueltan de las casas y la siguen, flotando en el aire para acompañarla hasta el puente, y que, antes o después, tendrá que plegarse a su voluntad y entregarle a la niña. Por fin, ese momento llega. Oye el ruido de sus pasos durante horas. Es noche sin luna. Está inmóvil en la oscuridad y, para concentrarse mejor, permanece con los ojos cerrados.

Cuando oye algo, avanza unos metros en esa dirección y se detiene de nuevo. Vuelve a cerrar los ojos, camina así, sin ver nada, trechos larguísimos. Cuando menos se lo espera, se da de bruces con la niña. Está sola y no parece reparar en lo que hay a su alrededor. Mueve los brazos de un lado para otro y, cada poco, se pone a girar. Se acerca a ella y, cuando quiere hablar, no le sale la voz. La niñita se deja coger en brazos y con el vaivén de los pasos se queda dormida sobre su hombro. Siente junto a su cuello el leve peso de su cabeza y sólo piensa en alejarse cuanto antes, en hacerlo lo más rápidamente posible, antes de que el hombre pez pueda arrepentirse. Cuando cruza el puente, se tranquiliza. «Ya está», murmura. Se vuelve para mirar la carretera, y la ve vacía. «Le hemos vencido», le dice a la niña muerta, «ahora tu mamá seré yo».

30

—Vuelve a contarme lo de fray Luis...

—¿Qué?

—Sí, hombre, lo de su ronquera. Tú decías que era mentira, y que si fray Luis simulaba estar ronco no era para evitar que sus comentarios llegaran a oídos de los inquisidores sino para aprovecharse de las monjitas. Ellas no le entendían bien y él tenía que acercarse tanto que luego pasaba lo que pasaba. Te inventaste hasta el nombre de aquella orden, las Auroritas Descalzas, porque la fundadora era yo. Pero ¿qué te pasa?

—¿A mí...? Nada, qué me va a pasar.

—Sí, claro que te pasa algo. Te pones nervioso, porque no te gusta que te recuerde estas cosas. Seguro que te parecen ridículas.

—No, no es cierto.

—¡Qué raros sois los hombres! Todo os da vergüenza. Queréis haceros los fuertes y juiciosos, pero por dentro estáis temblando como los gorriones. A Santiago le pasaba lo mismo. Una noche estuvimos paseando por el canal, y de pronto oímos un ruido extraño, como de un cuerpo que se zambullía en el agua y, al abrazarme asustada a su espalda, me di cuenta de que tenía más miedo que yo.

—¿Y quién era?, ¿el hombre pez?

—No, no era el hombre pez. Y no hace falta que sonrías al preguntar cosas así.

—No te enfades.

—No, si no me enfado. Sólo que a veces me da rabia que seas tan bruto. Te pasas la vida ganando premios y asistiendo a grandes congresos, y luego eres incapaz de comprender las cosas más simples. Por ejemplo, que para entender a los vivos hay que comunicarse con los muertos. O, dicho de otra forma, que no puedes pasarte un montón de años fuera y luego presentarte aquí como si nada, dispuesto a hacer justicia con tus balas de plata, como el Llanero Solitario.

—¿Qué quieres decir?

—Que aquí todos estamos muertos. Que éste es un pueblo de muertos.

—¿También Eduardo?

—Sí, él sobre todo. Murió cuando lo hizo mamá. Tenía cinco años y no pudo resistir esa pérdida. Se volvió malo por amor, que es algo que suele pasar con relativa frecuencia.

—¿Puedo preguntarte una cosa?

—No. Ésa no. Se pasó tu tiempo. Las preguntas tienen un tiempo y si éste pasa, ya no deben hacerse.

—Sólo he venido por eso.

—Peor para ti.

—Está bien. No te enfades.

—La mayor diferencia no es la que hay entre las razas o las lenguas distintas. Ni siquiera entre los hombres y las mujeres, o los adultos y los niños, sino entre estar sano y estar enfermo. Y tú has tenido la fortuna de pertenecer a los sanos.

—No lo tengo tan claro.

—¿Recuerdas lo que nos contaba doña Manolita de los tuberculosos? En sus tiempos, los enfermos de tuberculosis iban por los sanatorios llevando siempre consigo un frasquito de color azul, donde debían depositar sus esputos.

Ella decía que eso le pasaba a la señorita Adela, que era como si llegara a su casa con una frasquito así, como si lo llevara de un lado para otro siempre pendiente del momento en que se tendría que apartar otra vez.

—Eso no es una enfermedad.

—Sí, sí lo es. Es la enfermedad de las mujeres. Todas llevamos ese frasquito azul, todas soportamos ese espantoso suplicio, el suplicio de ser débiles.

—¿También tú?

—Bueno, ya no. Pero fue así durante muchos años. Sobre todo cuando me dejaste plantada.

—Te recuerdo que fuiste tú quien dejó de contestar mis cartas.

—¿Y a eso lo llamabas cartas de amor? Parecían informes académicos. Que si habías estado en una conferencia sobre la Escuela de Viena, que si tu interés se centraba ahora en la obra teórica de Le Corbusier, o que si acababas de darte cuenta de que el movimiento más revolucionario del siglo había sido el protagonizado por Gropius y sus compañeros de la Bauhaus.

—Te hablaba de mis preocupaciones de entonces.

—No. Querías volar por tu cuenta. Y eso hice, abrirte la puerta de la jaula. Saliste a una velocidad de vértigo.

—Ahora eres tú la que se ríe de mí.

—¿Sabes cuáles eran mis mejores momentos? Cuando volvía al canal. Muchas tardes iba a buscar a Santiago y nos íbamos juntos. Nos desafiábamos a recordar a los actores y actrices de las películas. Santiago me ganaba casi siempre; pero le costaba, no te creas... Venga, vamos a jugar. Yo te hago una pregunta y tú la tienes que responder. ¿Quién era la actriz protagonista de *La mujer pirata*?

—No lo sé.

—¡Pero si es facilísima! Jean Peters. A los chicos os gustaba a rabiar. Santiago decía que era la mujer más bella que había existido en el cine. Fue la enamoradiza prostituta de la estupenda *Manos sucias*, la mujer de Emiliano Zapata en la película de Kazan, y trabajó en *Niágara* junto a Marilyn Monroe. Luego dejó el cine y se especializó en millonarios. Se casó sucesivamente con Stuart Cramer, el mítico Howard Hughes y el productor Stanley Hough. Pero ¿qué te pasa? Seguro que te estoy aburriendo...

—Sigue, por favor.

—Íbamos al cine porque nos parecía que era el único lugar del mundo donde todo lo que pasaba tenía un sentido. Sabía que Santiago estaba loco por mí, que lo había estado siempre, pero también que nunca habría podido hacerle feliz. Él me miraba con esos ojos de ternero, que la verdad es que daban ganas de sacárselos de los párpados y ponerte enseguida a chuparlos, y me hacía dudar. Pero sólo un momento, porque yo no tenía corazón. Te lo habías llevado tú. La vitalidad no puede ser comunicada. Se tiene o no se tiene, como la salud o los ojos pardos. Santiago y yo salíamos juntos, pero los dos sabíamos que era mejor dejar las cosas como estaban. Y estaban fatal, no era como en los buenos tiempos. ¿Cómo decía doña Manolita? Cuando todavía creíamos en los hoteles de verano...

—... y en la filosofía de las canciones callejeras.

—Vaya, todavía te acuerdas. Era su frase preferida. Luego nos preguntábamos qué tiempos eran ésos, y cómo serían aquellos hoteles y las hermosas canciones que doña Manolita había escuchado a través de sus ventanas llenas de luz. Sólo éramos dos niños, me gustaría saber por qué nos hablaba así.

—Tal vez para decirnos que de la vida no se puede aprender ninguna lección.

—Tenía una extraña teoría. Decía que el amor es la percepción de un secreto. Un secreto que hay en el otro, pero sobre todo en nosotros mismos. Según ella, todo lo que hizo la señorita Adela fue tratar de descubrir ese secreto.

—¿Y tú qué piensas?

—Que los secretos son como el pájaro que se golpea

contra los barrotes de la jaula. Déjame salir, déjame salir, repite una y otra vez. Y no digo que no apetezca, pero hay que aguantarse las ganas. Me he dado cuenta de que sólo queda el silencio cuando alguien deja abierta la puerta de la jaula y el pájaro está en libertad.

31

—¿Sigues ahí?

—Sí, claro, dónde iba a estar. Sólo hago que mirarte. Es una costumbre de los muertos. Espiar a los vivos. Os seguimos a todos los lados y no nos cansamos de miraros. ¡Si supierais lo hermosos que sois! Es una pena hacer este descubrimiento tan tarde, cuando ya no tiene remedio.

—Santiago acaba de decirme que el coche ya está arreglado.

—¿Te vas a ir?

—No, quiero quedarme. Me equivoqué en todo, me equivoqué al marcharme, al pensar que te podría olvidar.

—Es obligatorio que lo hagas.

—No podré vivir sin ti.

—Sí que podrás. Además, no es bueno vivir con una muerta, muy pronto me daría por hacer cosas atroces. Recuerda lo que le pasó a la señorita Adela.

—Vuelve a contármelo.

—Con una condición, que cuando termine te irás.

—No puedo prometerte eso.

—Lo harás, no te queda otro remedio. ¿No te acuerdas? Todavía no has construido mi casa.

—La Casa de las Manzanas...

—Fue una historia muy triste, aunque doña Manolita nos la contara conteniendo con dificultad la risa en muchos de sus momentos, como si se estuviera burlando de nosotros. Sus últimos encuentros tuvieron lugar en el café Royalti. Se sentaban una enfrente de la otra y, mientras su prima hablaba, doña Manolita la escuchaba sin rechistar. Al principio ni se le pasaba por la cabeza que su prima pudiera creerse aquello, pero pronto empezó a sospechar lo contrario. Pero ¿qué podía hacer? El amor era así, estaba lleno de peligros. Y los amantes siempre se meten en líos.

—Yo también te amaba, pero durante mucho tiempo no supe lo que quería. Jamás quise hacerte daño y sin embargo terminé por ser la pesadilla de tu vida.

—Eso ya no tiene remedio.

—Durante las noches no dejaba de pensar en nosotros. Lo que más me costó fue encontrar la paz.

—No me parece mal. Creo que hice méritos suficientes para que sufrieras un poco por mí. Pero ahora, escucha, por favor. Las palabras buenas florecen, dan frutos, y nosotros aún tenemos que encontrar las nuestras. Se sentaban en una de las mesas que daban a la calle, y la señorita Adela le contaba las andanzas de la niñita muerta. Desde los primeros momentos de su vida en común, cuando descubrió la herida de bala que Monzó le había hecho en la ermita, hasta aquellos últimos en que la desafiaba a las cosas más disparatadas, porque ella estaba familiarizada con la muerte y no tenía el sentimiento del miedo. Le hablaba de sus paseos en plena noche por los tejados, arriesgando más y más en cada nueva salida, y de sus viajes en coche a Medina de Rioseco. La niña se empeñaba en ir y a ella no le quedaba otra solución que coger el coche y llevarla a pasear en la completa oscuridad, pues aquellas excursiones eran siempre nocturnas, por las orillas de su viejo canal. No se la podía contrariar, si no querías entristecerla. Y doña Manolita se echaba a reír. En su opinión, la señorita Adela había tenido una vida maravillosa, la vida que a cualquier mujer le gustaría tener, porque la vida no era nada separada de los sueños. Esa niña, ja, ja, nos decía, era tan real para ella como las tortitas de caramelo, adornadas con sirope de fresa, que nos tomábamos en el Royalti mientras me hablaba de cómo era la vida a su lado, lo difícil y hermosa. La señorita Adela tocaba el jarabe con las puntas del tenedor, el jarabe que, derramado sobre la nata, recordaba un rastro de sangre, y le decía a doña Manolita, no puedo comérmelo, porque me está recordando su herida. Lo había observado desde el primer momento de su vida en común en la casa. La herida se le abría con frecuencia y la sangre le empapaba la ropa. Tenía la herida sobre el costado izquierdo, como Jesús, y la bala debía de haberse quedado dentro de su cuerpo pues no había orificio de salida. Nunca, a pesar de todas sus atenciones, terminó de cerrarse. La herida tenía los bordes rojos y bastaba con apretar un poquito con las yemas de los dedos, al lavarla, por ejemplo, para que manara la sangre. Se la había vendado, pero la niña no aguantaba la presión de las vendas y se las quitaba al menor descuido. Terminó por no ponérselas. Cuando se abría la herida, cuando veía aparecer sobre el vestido la primera mancha, la dejaba desnuda, sólo con las braguitas, y se la limpiaba con algodones. Iba detrás de ella por todos los sitios, o, si era de noche, se sentaba junto a su cama y esperaba pacientemente, a menudo durante horas, hasta que la hemorragia cesaba. ¿Te acuerdas qué nombre la puso? *Novostyl.* La puso ese nombre por lo mucho que se parecía a una de las colegialas que aparecían en el anuncio de material de dibujo, cartabones, lápices, papeles secantes, que tenían expuesto en el escaparate de la librería Miñón. Pero aún sucedería algo más. Doña Manolita llegó a ver a la niña muerta. Tal vez se tratara de una alucinación, una visión inducida por el intenso clima emocional que rodeaba a su prima, y en cuya creación ésta era una auténtica experta. Experta en nubarrones, como solía decir. Pero el caso es que doña Manolita la vio una tarde en que, tras esperar a su prima en el Royalti, decidió presentarse en su casa. Fue su misma prima quien salió a abrirla, pues llevaba un tiempo viviendo sola, sin la ayuda de ninguna criada. Le sobrecogió su aspecto, cansado, doloroso. Adela de los puñales. Pero ella no la quiso dejar entrar. «Oh, no puedes pasar», le dijo. «Tienes que irte enseguida, a *Novostyl* no le gusta la gente.» En ese instante llamaron por teléfono. Doña Manolita se quedó sola en la puerta entreabierta, y entonces vio a la niña. Estaba detenida en el pasillo y la miraba con una expresión de extrema quietud, como si estuviera infinitamente cansada. «Quiero que esto termine», parecía decirle. Pero enseguida se escurrió a una de las habitaciones, pues su prima volvió a aparecer. Se fue trastornada de allí, aunque luego en su casa se tranquilizó. El pasillo estaba en penumbra y sin duda había confundido a la niña con un mueble o con el pliegue de una cortina. Doña Manolita contaba todo lo que seguía en medio de grandes ataques de risa. Tenía que detenerse a menudo, pues el hipo no la dejaba seguir. «Perdonad», nos decía, «pero es que mi prima era increíble, ja, ja, todo lo que le pasaba tenía que ser especial». *Novostyl* hablaba consigo misma, pero tan bajito que la señorita Adela, por mucha atención que pusiera, no conseguía oírla. La mayoría de los olores la perturbaban y había días en que no se quería levantar de la cama y en que se pasaba las horas muertas con la cara vuelta a la pared. Todo esto, hasta que se fue haciendo a su nueva casa. A partir de entonces, y salvo algunas conductas extrañas, por ejemplo, su necesidad constante de ingerir agua, parecía una niña normal. Incluso era muy cariñosa y todo el tiempo se lo pasaba agarrada a su brazo. Una noche descubrió lo de los tejados y desde entonces sólo pareció vivir para ese instante de vértigo, el instante en que abrían las ventanas y salían juntas a los tejados. Paseaban por ellos durante horas, ya que la señorita Adela, fascinada por la compañía de aquella niña venida de la muerte, se olvidaba del riesgo que corría a su lado y la seguía sin vacilar. Nunca había sido tan feliz. En ningún momento de su vida, en compañía de nadie. La búsqueda de esa felicidad irrepetible fue la razón de que empezaran a ir al pueblo. Medina de Rioseco no estaba a más de cuarenta kilómetros, y ella cogía su coche y volaban en la oscuridad hacia allí. Eran dulces aquellos viajes. La niña, con el ruido del motor, se quedaba dormida, y a ella le gustaba contemplarla largamente porque recordaba la tarde en que Monzó la había herido en la ermita y la llevaron al hospital. Al llegar, se dirigían a la dársena. Veían la luna reflejada en el agua y, al fondo, las fábricas de harina y las torres de las iglesias, resplandecientes como la plata. Aquel pueblo era el más hermoso de la tierra. También el más terrible. Se parecía a ella, había entregado su vida a un único sueño. No sabía lo que la niña buscaba en él, pero sí que desde que la llevó a visitarlo, ya no quiso ir a otro sitio. Tal vez la excitaba pasear por los lugares que había conocido en vida, tal vez la proximidad del agua le traía reminiscencias del hombre pez y de su mundo de negra libertad. «¿Quién puede saber lo que oculta el corazón de una niña muerta?», concluía doña Manolita con una sonrisa malvada... Aún se verían en el café Royalti una última vez. La señorita Adela le contó que paseaban interminablemente por las orillas del canal. *Novostyl* se empeñaba en bañarse y ella, a pesar de que al principio se lo prohibía por el temor a que su herida se pudiera infectar, siempre terminaba por ceder. La niña era una gran nadadora y la seguía corriendo por la orilla. Una noche empezaron a bañarse juntas. «No veas las cosas que hace en el agua.» Eso fue lo último que le dijo. Se habían visto un sábado y al lunes siguiente doña Manolita se enteró de la muerte de la señorita Adela a través del periódico. Encontraron su cuerpo flotando en la dársena de la Concha, junto a la fábrica de harinas de su padre. Allí mismo, junto al embarcadero, había dejado sus zapatos. Boca arriba, primorosamente emparejados, como si de un momento a otro fuera a volver a buscarlos. Eso decía el periódico. Que los zapatos no estaban de cualquier manera, sino como solemos dejar los nuestros, a los pies de la cama, cuando nos vamos a acostar. Esperando el regreso de la soñadora.

NOTA A LA SOÑADORA

Todos los personajes y sucesos de este libro son rigurosamente inventados, por lo que, como solía decirse antaño en los títulos de crédito de las películas, cualquier parecido con la realidad es pura coincidencia. Sí existen, sin embargo, los lugares en los que transcurre su acción. El Medina de Rioseco de esta novela es literalmente el pueblo real, con sus nombres, sus calles y sus fábricas; y el canal, es el Canal de Campos, que es el ramal del Canal de Castilla que muere en plena Tierra de Campos. Debo a mis conocidos de esta zona muchas horas de buena conversación, y abundante material periodístico de la época, y a mi amigo Luis Ángel Lobato, algunos de sus recuerdos y su compañía siempre delicada y fantasiosa. Las noticias sobre arquitectura proceden de dos libros preciosos de Anatxu Zabalbeascoa, *Las casas del siglo* y *Vidas construidas*, escrito en colaboración con Javier Rodríguez Marcos. El *Diccionario de cine* de Augusto M. Torres me ha ayudado a recuperar nombres y fechas del cine de la época, y las novelas románticas de Virginia Henley a concebir la escena del aljibe y la atmósfera de tórrida pasión de la historia de Adela con el ingeniero catalán. La sombra de G. Simenon está detrás de la fiesta del casino, y la de Graham Greene tras la imagen del agua y las mujeres enamoradas. A todos ellos mi gratitud.